献给天下所有的父亲母亲和他们的孩子

古岳 著

坐在菩提树下
ZUOZAIPUTISHUXIATINGYU
听雨

青海人民出版社

图书在版编目（CIP）数据

坐在菩提树下听雨 / 古岳著 . -- 西宁 : 青海人民
出版社 , 2018.5（2020.1 重印）
ISBN 978-7-225-05570-1

Ⅰ . ①坐… Ⅱ . ①古… Ⅲ . ①散文集－中国－当代
Ⅳ . ① I267

中国版本图书馆 CIP 数据核字 (2018) 第 111315 号

坐在菩提树下听雨

古岳　著

出 版 人	樊原成	
出版发行	青海人民出版社有限责任公司	

西宁市五四西路 71 号　邮政编码：810023　电话：（0971）6143426（总编室）

发行热线	（0971）6143516 / 6137730
网　　址	http://www.qhrmcbs.com
印　　刷	西宁东宝印务有限责任公司
经　　销	新华书店
开　　本	890 mm×1240 mm　1/32
印　　张	7.125
字　　数	150 千
版　　次	2018 年 7 月第 1 版　2020 年 1 月第 3 次印刷
书　　号	ISBN 978-7-225-05570-1
定　　价	36.00 元

自 序

多年以前，我离开了父母，离开了家乡。多年以后，当我终于踏上返乡之路，回到父母身边时，父母却离开了这个世界。

"在一场接一场的绵绵细雨中，抽空写下这些文字时，我曾想到过这样一个问题。记得从中学到大学，我从课本上读到过很多篇'我的父亲'或'我的母亲'这样的纪念文章，无一例外，文中所写父亲母亲皆非凡俗之辈，要么轰轰烈烈，要么惊天动地。每次读到这样的文章，我总能潸然泪下，除了感动还是感动。那时，我就想，我可能一辈子都不会写这样的文字，因为自己的父亲母亲太过普通和平凡，没有什么值得写出来让全天下的人去读的。而且，我相信，这个世界上的很多人一定有过和我一样的想法。因为，普通和平凡的人毕竟是人群的主体，能活到轰轰烈烈和惊天动地的人毕竟是少数。所以，即使自己大半生以写作为生，也从未有意留心或铭记过父亲母亲曾经的那些往事——譬如，在那些饥荒的岁月里，他们食不果腹和衣衫褴褛的情景。可是，在为普通平凡的父亲和母亲写下那些文字时，我才意识到，其实，普通和平凡可能更接近生命的本质，也更具有人性的意义；也才发现，其实，你并不曾遗忘任何曾经的往事，所有的记忆都依然鲜亮如初，尤其是有关人生苦难的记忆，几乎所有的细节都不曾遗漏——而正是这些记忆构成了我短暂人生的清晰坐标。"

　　这是我在《父亲母亲的雨季》中写下的一段话，它道出了我写这些文字的一个理由，可以看作是我的内心独白。有时候，我发现写作其实是一件非常私密的事情，你得从内心深处一点点勾勒出深埋已久的那些记忆，而那些记忆可能是你的个人秘密。那感觉就像是自己揭开一个个不忍目睹的伤疤让别人去看，所有的疼痛只有自己知道。继而，我还产生了一个疑问，你为什么要"恬不知耻"地将自己内心的伤痛公之于世，让人去读呢？坦率地讲，我并不知道答案。如果我知道答案，可能也会发现写作不仅有其私密性，而且其过程还非常残忍。要是那样，我可能就没有勇气继续写作了。这也许正是我还在写作的原因——或许，写作原本如此。罗马尼亚作家埃米尔·米歇尔·齐奥朗在一次访谈中说："我相信一本书真的必须是一个伤口，必须改变读者的生命，以这种或那种方式。"

　　当我决定把这一组有关父亲、母亲的散文结集出版的时候，一反常态，想自己为它写一篇序言——此前，我从未给自己的书写过序。总感觉，那会有画蛇添足或自卖自夸之嫌。这一次稍稍有点不同，这里所收录的文字大都写于我父亲、母亲病重的时候。期间，我先是送走了母亲，紧接着，父亲再次病危。整日守护陪伴父亲、母亲的日子里，我想过很多事，但想得最多的却是生和死的问题，因为，这是我每天必须面对的一个问题。想得多了，就有了一些零散的体会和感受，有空闲的时候，便把它记在本子上，而后又整理成了一篇篇相对独立的文字，感觉它们应该算是散文，是一种非虚构写作。虽然是有感而发，但一开始也是随性而为，并未打算要出一本书。直到有一天，我把这些文字收集到一起时，才发现，它们已经小有规模，而且，基本上都围绕着一个主题。主题性写作是我一直努力尝试的一种叙事方式，这当然是一种冒险——觉得这样的写作可以使写作者在某一段时间、某一个领域内会有一个深入地开掘，因而可能会有一些意外的发现和收获。集中地展现一个主题，并就这一主题进行持续的思考和写作，还可以使写作者有可能进一步完善属于自己的表达方式和叙事策略，进而架构自己的语境时空，拓展书写者自由驰骋的精神疆域。

从这个意义上说，这一组散文的写作，对我具有探索意义。因为除了个别篇目，绝大部分文字都是在一段时间内集中写作完成的，这些文字内在的精神品质具有相互接近和照应的特征。篇目之间既各自独立又互为联系和延伸，自始至终，叙事主体和母体都没有改变，叙事的连贯性和内在逻辑一直在延续，因而也可以看作是一个整体结构的非虚构文本。

我想要说明的一点是，这组散文中的个别篇目，由于父亲的突然离世而终止——也许有一天，我还会继续往下写（但肯定不是现在），也许就此打住也未可知，譬如《乌鸦的秋天》和《春天已经来了》。前者从去年秋天就开始写了，写到一半时，父亲病危，心乱如麻，无法继续写作，就搁在那里了；后者起头的时候，父亲已经在弥留之际，而后父亲离开，我得操办后事，之后也就没有了想继续完成它的想法，因为我想要表达的一切已经没有任何意义，至少对我父亲来说是这样，也就不去管它了。

我在《乌鸦的秋天》中写道："一场秋雨过后，夜里起风了。第二天早上起来的时候，发现门前的空地上落了很多树叶。田野上一派萧杀，远处山坡上的树叶好像比前一天更黄了。如果此时走到山上，置身于茂密的山林，便会听到无边落木萧萧下的声音。

不知不觉中，秋天已经来了。

我正立于门前，望着远山时，一群乌鸦从天而降，飞过村庄的上空，落在不远处的几棵杨树上，呱啦呱啦地叫个不停。而整整一个夏天，我从不曾看到过它们的身影……"

在《春天已经来了》中，我又写下过这样的文字："'冬天已经来了，春天还会远吗？'这是雪莱的名句。在过去这个漫长的冬天，我时常会想起这句诗，并用它来提醒自己，冬天终究会过去，春天总会来临。明后天就是丙申年的惊蛰了，这意味着蛰伏了一个冬天的万物都要苏醒过来了，冬天已经过去，春天就要来了。可那又怎么样呢？

当春天真的来临时，我才发现，我并不是在渴望春天的到来，而是在盼望父亲的身体能有所好转。但是，父亲并不是一片封冻的土地，也不是一只冬眠的虫子，而是一个百病缠身的老人，对他而言，人生的春天早已成为过去，秋天也已接近尾声，说不定，这个春天就是他人生的冬天。他好像早已准备停当，即使在一个万物复苏、百花盛开的季节，也可能随时进入永久的休眠——当然，也可能是永久地摆脱季节的轮回。他准备要去的那个地方，也许并没有季节的变换和岁月的更替，也许只有春天。"

对一个写作者而言，很多时候，重要的是一种写作的状态，而并不是他会写下什么，或者是否会完成每一项写作计划。有些文字注定了只有开头而没有结尾，这就是为什么几乎所有的作家都会留下未完成残卷的缘故。而关于文字本身，我不想多说什么，这是我一贯坚持的一个原则。我想要表达的一切都已呈现在那里，如果还不够，那说明写作本身还有问题。如果是那样，就是一个缺陷，那并不是用写作之外的其他方式就可以弥补得了的。我想要说的是，这样一种写作对一个写作者而言，无疑是一次艰难的跋涉，无时无刻不在经受灵魂的煎熬。我在这些文字中集中地探讨了一个问题：那就是生与死。我感觉就这个问题的进一步表达甚至与写作无关，而是关乎人生，关乎人性，也关乎人群，甚至关乎当下整个人类社会的伦理体系。

我在《父亲的病房》一文中写下过这样的文字："无论父母还是孩子，我们有必要时刻记住的是：有一天，所有的老人都曾做过孩子；有一天，所有的孩子也都会变成老人。一个老人从一个孩子身上看到的就是他的过去；一个孩子从一个老人身上看到的就是他的未来。这一点永远不会改变，所以，对任何一个人来说，最理想的生活方式——我想应该是，既要善待过去，也要善待未来——这句话反过来说也一样。"

因为，终有一天，我们每个人都会死去，而且，每个人都只有一次死亡的机会——即使他曾很多次面对死亡，所以，在我们还好好活着的时候，就该对这个问题引起足够的重视。

我在《每个人都只有一次死亡的机会》一文中还写过这样一段话："人并不是突然死去的，生的开始也是死亡的开始，生的终结也是死亡的终结。人一天天慢慢变老的过程，是生的过程，也是死亡的过程。如果人生是一棵树，那么每一片树叶就是每一个日子。每一片新长出的叶子都代表生，而每一片已经凋零的叶子都意味着死亡，无论它长出多少叶子，最终都会落尽。"

凯尔泰斯·伊姆雷说："人们偶然地降生，偶然地存活，并合情合理地死亡。"他认为，对死亡的恐惧是在善意地提醒人们对死亡的思考还不够透彻和充分。在他看来，死亡不仅是创作之道和生命之道，也是抵达自我的意义，"人类准备死亡，就像准备创作最后一件作品。"也正是基于这样的考虑，我才决定将这些文字辑录成册。尽管，文中写的大都是我父亲、母亲临终时的事情，五味杂陈，但是，由此想到的一些问题却有着更加宽泛也更加普遍的意义，它适合于天下所有的父亲母亲，也适合于所有父亲母亲的孩子们。

进而，我还想到了另一个问题，一个写作者写什么也许并不那么重要，为什么写作才是真正重要的事情，也就是说，成为一个什么样的写作者是一个写作者必须认真对待和深入思考的一件事。从这个角度反观自己的这些文字时，我稍稍感到安慰的是，自己还能坦然面对，觉得自己从不曾纯粹为了一己私欲而写作。

乔治·奥威尔曾这样描述完成一本书的挣扎过程："写书就像经历一次可怕的、筋疲力尽的挣扎，像生一场漫长而痛苦的大病。如果不是遭受既不能理解又不能抗拒的魔鬼驱使，没有人会去做这类事情。尽管每个人都知道这个恶魔完全无异于婴儿为引起注意而啼哭的本能。除非一个人能承受抹去自己个性的长期斗争，否则，他根本写不出一些可读性的东西。"而我不仅受到了"魔鬼"的驱使，也受到了父亲、母亲所遭受磨难的启示。虽然我写的是我的父亲和母亲，但因为每个人都有父亲、母亲的缘故，这些文字也可以看作是写给所有的父亲和母亲的。

所以，在这本小书的扉页上我将印上这样一句话：献给天下所有的父亲母亲和他们的孩子。如是。为序。

2016 年 5 月写于故土老宅

目录

清　明

　　几乎每年清明，我都要走那段山路，到一个只属于自己心灵的地方，那个地方埋着我所有的祖先。之所以说几乎，是因为有个别的年份我没能走到那段山路跟前，或许也在路上，只是离那段山路很遥远。

　　记得从很小的时候，我就已经走在那段山路上了。

　　一开始的记忆里，在所有走在那段山路上的人中间，我是年龄最小的那几个成员之一。走在最前面的一般都是年龄最大的，跟在那些长者后面亦步亦趋的是一些成年的男子，再后面就是已经出嫁的女宾——这一天，也从山乡各地专程跑回来走那段山路。我们这些愣头小子和毛孩子就掺杂在那行进的队伍中间，一会儿蹿到最前头，一会儿又在半中腰，快到目的地时，我们一般都会落在最后。

　　后来，走在最前面的那些老者就一个一个地不见了，几乎每年都会少一个两个的。他们最后一次走过那段山路之后，就永远留在了那里。最后一次走那山路时，其实，他们就只剩下一把骨灰了，是由子孙们双手捧着他们走完最后一段山路的。我想，其实，在子孙们将他们的那一把骨灰护送到那里之前，他们就已经先期抵达那里了。

于是，山路上行进的队伍次序就有所改变，一些后继者就会替补到队伍的前列，一些孩子们又会替补到靠前一些的地方，他们原来所处的位置又会有一些新的孩子所填补。

这样几十年走下来，原来走在前面的人就越来越少了，一个个地突然就从你的前面消失了，不见了。队伍后面新增加的一些面孔里，有越来越多的人，无论如何你都不可能一一叫出名字的，尤其是他们的乳名。

那段山路说长也长，说短也短。说它长，是因为我们所有的族人都会用一生一世的时间去走那段山路，直到走到生命的最后一刻才算走完。我们用一生一世的艰难跋涉，为的就是最终走完那段山路，好像从一开始走那段山路时，我们并没有一直走到尽头，有一天，我们会突然发现，已经快走到头了，就用最后的一点力气，往前挪动了几步，就到尽头了。说它短，是因为它顶多也就一两公里的路程，再慢，一个时辰之内也会走到头的。

一年一度，每年清明，我们都会如期而至，走那段山路。当然，我们所有的人也并非只在清明那一天才走那段山路，留在村庄里的人，其实一年四季都会有很多机会从那山路上走过。但是，那好像都不算数，还必须在特别约定的日子里专门走一趟。即使我等这些在外漂泊的族人，因为要回家，有时也会在不期而至的季节里，回到那一片山野，从那山路上走过。于是，我们就看见，每年夏天，山道旁都开满了野花，山坡上都长满了绿草。还有天上的流云，地上的黄土，这些仿佛都没有丝毫的改变，惟一所改变的就是走在那段山路上的人。

当然，有时候，我们也会因为一个突如其来的变故，在任何一个命定的季节和日子里去走那段山路。一般来说，那都是由曾经走在最前面的那些长者的亡魂所召唤的，无论身居何处，我们一般都能听到那召唤。而一旦听到那召唤，即使再难以脱身，走再远的路，我们也会在指定的日子里回到那山乡，为亡故的族人送葬。而亡者，已经从那段山路上一步步走过去了，走远了，剩下的事情就用不着他操心了。

剩下的事就是葬礼。藏人对亡者大凡施行天葬，也有一些地方施行火葬，但一般没有坟地，骨灰要抛洒到江河、湖泊或者草原和山坡上，还有少数藏人也是火葬，却多了一个坟地，虽然不曾考证，但我肯定，那一定是受了汉文化的影响。我们就是这样一群藏人。一个人亡故之后，先要给他净身收骨，尔后放到一个塔状的木头箱子里。那木箱子做得像一座房子，如果上面开一扇窗户，再有一扇门，就俨然一幢童话世界里的小木屋。小木屋中的亡者呈蹲坐状，双手合十放在胸前，听说婴儿在出生之前就是这个样子，离开人世的时候他又恢复到最初的样子了，这样一个人的一生就算是圆满了。遗体安放停当之后，还要在家里停放几天，供族人祭奠，并诵经为之超度亡灵。具体停放的天数根据季节和时间以及亡者的生辰八字等推算而定，一般都定在第三天下葬，特殊情况下，停放的时间会长

3

些，但很少超过七天。出殡时，先要火化，没有固定的场所，族人之外的乡邻在某个临时指定的地点用土块垒一个空心的塔，塔分上下两层，上层用来安放亡者的遗体，下层是用来燃烧柴火的。随着火焰的升腾，塔顶就会飘起一缕青烟，那可能就是亡者的灵魂。次日，族人就到火化的地方，把骨灰装到一个精巧的木匣子里，拿到坟地去埋葬。

于是，那山路上就出现了送葬的队伍。我和我的族人就这样一次次走在那山路上。亡者的肉身就归于尘土，亡者的灵魂就归于宁静。一个藏人的葬礼上，相对于灵魂的安顿，亡者肉身的处理和安葬已经不那么重要了。就在他死亡的那一刻，他的灵魂就已经离开，肉身作为灵魂躯壳的使命已经完成，而灵魂本身还会继续它无尽的轮回。通常来说，这个世界上的很多人肯定愿意相信"死亡是一次伟大的冒险"，就像电影里说的，但我却以为，死亡正好是一次漫长的历险和另一次漫长历险之间的一个连接点，一个渡口。

相对于今生今世，我们对自己的过去和未来都一无所知，前世和来生都是一个谜。如果回头是岸，前面就是汪洋，你要过到对岸，就需要一条船、一只筏，要是什么都没有，你就得有一身渡江的本领才行。否则，你会被洪流冲走，你会被冲卷到什么地方，更是一个未知的世界了。走在那山路上时，其实，我们正在护送一个灵魂去一个渡口。他要从那里慈航启程，抵达彼岸，尔后开始新的历程。

回头想想，走在这个队伍里的人就像是在接力赛，接力棒从这一代人传给下一代，再由下一代传给他们的下一代，依次循环往复，似乎无穷无尽，跑在最后面的那个人永远也望不见跑在最前面的那个人的身影。那不仅是生命与生命的接力，还是一段人生与另一段人生的接力。走在那山路上时，你就会想起很多前尘今生的往事，即便很多往事与那一段山路、那一片山野毫无干系，你也会在那一段山路上望见所有的纷纷扰扰和起起落落。而且，更重要的是，你即使走过很遥远的路，即使走遍了海角天涯，最终还得回到那段山路上来。

那时，你会感觉，人生其实就像那一段山路。无论贫富贵贱，那段山路对所有的人都是一样的。所不同的只是，有的人只用了很短的时间就走完了那段山路，而有的人却用了非常漫长的岁月才走完那段路程。区别只在于走路所耗费的时间，路本身既没有缩短也没有延长。

这样前赴后继，一代代走下来，上百年、几百年过去之后，走在山路上的人会越来越多，消失在山路上的人也越来越多。很多后来者记不起前面已经消失了的那些祖先的名字，很多走在前面的祖先也肯定叫不出所有子孙后代的名字。往上数三代以上，一个人如果还能清楚地记得他祖先的名字，要是不靠家谱之类的记载，那已经是很难的事了。往后数也一样，你要是一直在族人中间生活，那还好，否则，即使两三代之内的人，你也未必都能叫得出名字的。譬如说我，两代之内的人，我基本上都不会记错，超过两代，往上数，还可以，要是往下数，就是离得稍远一点的堂侄子、堂侄女的名字都叫不全乎了。

相对而言，我对自己家族的历史还算是比较了解的。对家族大约一百六七十年的历史，我可以梳理出一个很清晰的轮廓。虽然没有家谱之类的记载，但我可以往上追溯到我爷爷的爷爷，我想，那是我们家族最后的一个牧人了。从那往后，家族后裔游牧草原的历史就基本结束。

我书房的书架上放着一对马镫，马镫本身打造得很粗糙，但边缘有镶银的花纹图案，很是精美。据说，我爷爷的爷爷曾救过一个部落头人或者一个千户什么的性命，为答谢救命之恩，那头人或千户就把自己的坐骑连同马鞍送给了他，那对马镫就这样到我们家里了。对自己的家族，我所能想起的最早的事情，就是那一对马镫了。后来，有灾难降临家族，我爷爷的爷爷就骑着那匹马来到了我们现在所居住的那一片山野，那里后来就有了最初的村庄，他的后人们就由牧人变成了农民，而今已是一个有着数百人的大家族了。所以，对我来说，那一对马镫就是我们家族的源头。

有很多次，对这一段历史，我曾在想象中添加过所有的细节，譬如，我爷爷的爷爷骑着一匹马经历过怎样的跋涉，才最终抵达那一片山野？他为何又偏偏选中了那个地方而没有走到别处？对任何一个人来说，那都应该是一次非同寻常的远行。坦率地讲，我很想把每一个细节都想象成一部家族的传奇。我知道，正因为有了那样一次远行，我们也才会生长在那个地方，才会一代代行走在那一段山路上。那个地方对我就有了一种归宿的意义，那一段山路，对我来说，就是宿命。

很显然，这还不能说是一个人的历史。一个人所能把握的历史就是今生今世，就是一辈子，就是百八十年的日子。即使有前世和来生，一个人对自己的过去和未来也无从感知和把握。而一个家族的历史还不是一群人的历史的简单叠加，其实一个人与他的先辈和后代的历史是交替行进的，很多人千百年来交替行进的历史才会构成一个家族的历史。有史以来所有的人交替行进的历史加在一起就应该是整个人类的历史了。或显赫，或卑微，我们每个人所走过的路最终都要汇入浩瀚的历史长河中，无论你自己的历史多么精彩，也不管你走的是天下大道还是山间小路，在那长河中，它充其量也不过是一滴水珠、一朵转瞬即逝的浪花。从这个意义上讲，一个人通常所熟知的历史其实就是别人的历史，离开了今生今世，我们既看不到自己的过去，也望不见自己的未来。所以，我们才无知和无奈。所以，才有一些圣者苦苦冥想，上下求索，希望能获得最终的智慧，望穿岁月，以求解脱灵魂的束缚和限定。于是就有了试图穷尽智慧的信仰。

在我族人的眼里，世间所有的人大致上可分为两类，一类自打来到这个世上就一直在为死亡做准备，一类则相反，他们时刻提防着死亡。我的族人当属前者，所以，他们生活的首要准则是安心，所以就得善待世上所有的事物，为的是临到最后不留下任何的遗憾，能走得平静安详。他们看待一个人一辈子是否过得快乐吉祥，不仅看他每一天是否快乐，更要看他最后的弥留之际是否安详。对他们来说，能平静安详地离开人世就是完美的人生。这就是我族人的人生观，也是他们的生死观。我想，这跟他们的信仰有关。一位哲人说过，信仰是什么？它就是把个人和更伟大的整体联系起来的东西。我的族人肯定不会从这样的高度来看待自己的信仰，我感觉，他们把信仰看作是一种让自己的灵魂不断饱满和完善的修为，是一个日渐行进的过程。他们靠信仰支撑着走在人生的路上。

一次次从那段山路上走过时，我就想，在整个大地之上，那段山路连一片草叶的一条细纹儿都算不上，除了从那山路上走过的每一个人之外，绝不会有人留意。但在我却是一生一世都绕不开的一条必经之路。无论我走得有多远，最终还得回到那段山路上来。那是我人生之路的起点，也是我生命的最后一段历程。

我清楚地记得那段山路上的每一个地方，路边的一株马莲、一棵白杨、一块石头、一个小土坎儿……都深深地刻在记忆里。随着时光的流逝，它们不但没有丝毫的模糊，反而日渐清晰光亮，仿佛所流逝的每一寸光阴都是用来打磨那些地方的。那段山路到半山腰的地方，鼓起了一个小山包，走到那里时，人们一般会稍稍停一下脚步，有的人会喘口气，也有的人会叹口气。有时候，我在那个地方停住脚步，喘气或叹气时，看前面，已经有数不清的古人从那山路上走远，渺无踪影；望身后，还有无数后来者正源源不断地向那山坡上跋涉而来。

那时，我就会想起陈子昂的那几句千古绝唱，但作为一个凡俗的生命，走在那段山路上时，我却很不以为然。陈子昂因为到了目空一切的境界而发"前不见古人，后不见来者"的浩叹，也许是可以想法子去理解的。因为即使在大唐，即使站在众多身影伟岸高大的诗人中间，哪怕只写过这几句诗，陈子昂也完全有资格作此千古一叹。但是，对一个普通的生命而言，那却是荒唐的，甚至是荒谬的。走在那山路上，站在那个生命的队列里，无论是生前还是生后，都是滚滚红尘和芸芸众生，都是血脉相连的骨肉亲情，纵然"念天地之悠悠，独怆然而涕下"，也不可能空前绝后，什么都看不见的。除非你不食人间烟火，六亲不认。

当年陈子昂所登临之幽州台，又称蓟北楼，为战国时期燕昭王所建。当年的幽州台早已无从寻觅。此台并非一般土台，而是中国古代一种高大的建筑。中国古代有众多这样的建筑物遍布大江南北，大都几经被毁，我等后来者也就无从登临矣。

不过有些还在，譬如郁孤台。有一年去赣州，我也曾登临此台，临江凭栏远眺，茫茫苍苍，山野笼盖处，到处是一派人间烟火。那时，辛弃疾的绝唱就在耳边响起："郁孤台下清江水，中间多少行人泪。西北望长安，可怜无数山。青山遮不住，毕竟东流去。江晚正愁余，山深闻鹧鸪。"那时，我曾想学着陈子昂忧国忧民的样子，试图找到一点那种旷古未有的忧愁和怀想，并为之浩叹。可我挖空心思之后想到的却依然是故乡的那一片山野、那一段山路。但凡人走过的路上都会前有古人，后有来者。

走过那一段山路，就是我们家族的墓地。我见过很多的墓地，和一般墓地不一样的是，我们家族的墓地上，所有的坟堆都是一个个很小的土丘，早先的一些坟堆其实已经跟周边的山坡没什么区别了，只有新近的才能看出一点墓地的样子。而且，所有的墓前都没有墓碑，更没有墓志铭，我们把所有对亡者的记忆都放在心里，那是我们曾经拥有的一世情缘。百年修得同船渡，芸芸众生，能在同一个世界共度须臾，就是千古奇缘。生命何其珍贵？缘分何其珍贵？我们怎能不珍惜？但是，无论你怎样珍惜，时间久了，也会一点点淡去，也就随它淡去了。也许还有很多后世的情缘等待他继续，如果前世情缘未了，总是一个牵绊。我们看重的似乎不是怎样记住过去的一切，尤其不会用墓志铭之类的形式去装饰记忆，而是希望能有再续前缘的造化，再次执子之手，一同从那山路上走过。

杏子黄了的季节

和父亲一起回到老家山村的那天下午，就开始下雨了。之后的那些日子里，那雨一直没有停过。在那雨天的山村里陪着父亲时，尽管就在身边，但我还会时常想起父亲，好像从很远的地方思念着父亲一样，一些往事便浮上心来。

往事如烟或并不如烟都无关紧要，紧要的是，我们是否清楚，有哪些往事曾对我们的人生施加过怎样的影响，至少，我不大清楚。在我的记忆里，所有的往事都很难以轻重大小分类排序，它们大都相互纠结、纠缠、交错，但也有孤零零突兀在那里的，一个片段、一个场景、一个画面，虽然有深远的背景，却看不出这些记忆与我个人之间的关联，至少从表面上理不出它的来龙去脉。

记忆中的很多事情，与我生命的轨迹并行，却互不交错，如晦涩的隐喻。譬如，一群身着绿军装、戴着红袖章举着一面红旗的年轻人从我家门前的田埂上雀跃而过，我不认识他们，他们从何而来，到何处去，我都无从寻觅。那时，父亲好像就在身边，我们的身后就是老家的庄院，院墙刚刚抹过泥，上面写着一句语录。可是，父亲和那庄院的印象非常模糊，有点虚幻，不真实，像梦。另一个片段里，一个老人跪在空旷的地上，老人面庞的轮廓以及每一条皱纹、每一缕白发都异常清晰，而她周围的人群却忽隐忽现，看不真切。父亲立于人群一侧，我居然能看到一滴眼泪从他脸颊上滚落在地。这又是一个孤零零的场景，田野上，无数的人在聚会，场面很乱，高音喇叭里一个声音在高喊一句口号，远处的山谷里回音嘹亮。我分明从那人群中穿行而过，在人头攒动中找寻父亲的身影，却感觉自己从很远的地方看着那人声鼎沸、红旗招展的场面……我不知道，这些记忆的碎片在我的心灵深处烙上了怎样的印记，却知道这些记忆中都有我父亲的影子。

当然，有些记忆却是清晰的，那是一些很具体也很细小的事情，而且，越早的事记得越清晰。小时候，一家人的日子过得很艰辛，经常是吃了上顿没下顿。为了养活我们六个兄弟姐妹，父亲和母亲把每一个日子都变成了一种煎熬。青稞、麦子、土豆、蚕豆、豌豆、燕麦……这些温暖的字眼整日里困扰和刺激着我们脆弱的神经和强健的消化系统。白天黑夜地参加完人民公社和生产队组织的各种超强度的劳动之余，父亲还得千方百计地往家里弄到一些粮食，而母亲要做的事就是，让每一粒饱满或干瘪的粮食发挥最大的效能，并把它转化成延续我们生命的养分。那年月，父亲从来没有往家里背回整袋的粮食，有时候，他所能拿回来的只是几颗冻坏了的土豆，有时候是几斤麸皮，有时候则是一把麦穗儿……而且，很多时候，这些食粮是装在他衣服的口袋里带回来的——他从来没说过，我也没问过，但我肯定其中至少有些粮食的来路不明，譬如趁人不备从生产队的仓库里偷来的。我从不曾做过专门的调查，但能感觉得到，那时候生产队的贫下中农和社员们没有一个不曾偷过粮食，否则，就会有很多人饿死了。有一天夜里，父亲背回几捆麦子时就说，他在地里碰到了好几个偷麦子的人，但是，他们谁都没有吭声。是的，除了衣服口袋里带回来的那些粮食，父亲有时候也会真的去偷。一般都在秋收的季节，庄稼刚刚收割完备，麦捆子还放在地里没拉到打麦场上。有那么些个寂静的夜晚，父亲从生产队的地里背回几捆麦子，然后，与母亲用一张簸箕从一个个麦穗儿上揉着一粒粒麦子。当那些麦粒儿落在簸箕上发出清脆诱人的声音时，我总能被饥饿翻腾醒来。如果刚好被母亲发现，她说不定会点燃一把麦草，炒一把麦子放到我嘴边的炕头上。一股浓郁的麦香顿时弥漫在屋子里，一把火烫的麦粒儿下肚之后，那一夜，我一定会有香甜的睡梦，感觉有麦子的农家土炕就是一个天堂。

现在想来，这样的日子并不是很长，只有十几年的时间，但在我的记忆里它却占据了很漫长的一个年代。以致与那些日子相比，后来的几十年时间不过是短暂的一瞬。每每回望，那时候的每一个日子都长过后来的一个年代。我曾想象，假如一个人一生的日子都是那样，那么，那样的一生就太过漫长了。它得一天一天地熬，却没有尽头，恨不得第二天就是最后的日子。

从那些苦日子里熬过来之后，我们仿佛穿越了一条幽深的黑洞，天一下就明亮了，到处都是阳光灿烂的日子，粮食装满了所有的器物，青稞、麦子和土豆变成了家里最普通不过的食物，一家人再也不用为粮食发愁了。但是，我发现，父亲和母亲从来不会随便浪费一粒粮食。有一年打粮食的季节，我恰好在老家父母身边，一年的麦子都晒在院子里，从那里走过时，那些麦子金灿灿的直晃眼睛。可是，父亲总会身不由己地蹲在那堆麦子旁边，抓起一把麦子，仔细端详。而后让那些麦粒儿一粒粒从他的指头缝儿里滑落，而后看着那些麦粒儿在阳光下溅落成欢快的音符。之后，又抓起一把麦子，重复着同一个简单的动作，乐此不疲的样子。那时，父亲的脸庞也灿烂得像一粒饱满璀璨的麦子。

那一刻，浮现在我眼前的是一个老农躬耕山野的画面，那个老农就是我的父亲。父亲驾牛扶犁，赤脚走过田野，一垄垄刚刚翻开的土地像一行行新鲜的诗句。泥土的芳香就在我父亲的脚窝里萦绕升腾，而青稞、麦子和土豆就在那泥土之下做着拔节生长的梦。早年我曾写过一首题为《湟水桥》的诗，里面有这样的句子：

桥那边

一幅山的群像

一座山头上

父亲

和一把二十世纪新造的七世纪的犁

和一头前年春天出世的原始社会

就已驯化的牛

耕耘着……

　　我的生命就从父亲脚下的土地上一路走来。父亲躬耕山野的情景一直在我的眼前，从不曾消失。所以，我从未切近地想过有一天父亲会离我而去。虽然，父亲正在一天天变老，但我还是无法想象没有父亲的日子会是个什么样子。

　　那天下午，电话里听到父亲病重的消息时，我在一个州上。第二天一早，急忙赶回西宁时，父亲已经在医院了。父亲一直有胃病，我们都以为是他的胃病又犯了，可这次是心脏出了问题，左心室前壁大面积梗塞，在医院急诊室，只做了个心电图就下了病危通知。我赶到医院时，父亲的病情似乎已经有所稳定。医生告诉我，这只是暂时的缓和，危险还远没有消除，而要从根本上解决问题，就必须考虑手术。我们兄弟姐妹中，除弟弟和大妹妹因为路途遥远还没赶到之外，三个妹妹和一个侄子都已经在医院了。随后的几天里，我们除了守护在父亲身边，就一直在悄悄准备为父亲手术的事情。六七天之后，父亲身体的各项状况更趋平稳，危险好像已经过去，手术的条件已经具备。

　　医生已经决定两天后要为父亲做心脏搭桥手术了。可是，就在那天下午，父亲突然食道出血，病情急转直下，在几个小时之内，我们连续接到了两次病危通知。一边要防止消化系统再次大面积出血，一边要尽力保障心脏供血，两个症状相互冲突和矛盾，难以两全，医生为难，儿女们更是慌乱无措。原定的手术治疗方案不得不放弃，对一个生命施行的积极抢救一下变成了保守的维持性治疗，这是延续生命的权宜之计。那一刻，我感觉父亲正在离我们远去。那些天，几个妹妹一直在偷偷地抹眼泪，我不停地劝她们千万别让父亲看到她们流泪的样子。可是，那天下午，围在病床边上，再看父亲时，她们根本无法阻挡住泪水的汹涌，眼泪一颗颗掉在父亲的身上，肯定也砸在了他的心上。我给她们使眼色，她们就背过身去，捂住嘴哽咽抽泣，实在憋不住了，就跑到楼道里，父亲听不到的地方哭出声来。后来，我想，也许我们所有的躲闪都是多余的，父亲肯定从我们的眼神里早已看到了不忍看到的一切，因为，我们从他的眼神里也看到了同样的含义。毋庸讳言，那就是惜别。

　　那是一个漫长的夜晚，无法想象，我们将怎样等到天亮。我们担心的是，父亲能否熬过那个夜晚。午夜临近的时候，我看到，父亲的心跳曾一度一直在175到200之间狂奔，心电图上的曲线几乎已经拉直了。医生说，那条线一旦变为直线，就会断，就会停止跳动。我明白，他说的是心脏。妹妹和侄子们都提出把父亲连夜拉回家去，他们担心，再晚了，就来不及回家，让母亲和父亲见最后一面。我又何尝不担心，可我更担心的是父亲到不了家里，那样，我们不但保不住父亲，还会吓坏母亲。我知道，这个主意必须由我来拿——哪怕这个主意是错的，因为我是长子。我坚持至少要等到天亮后，再往家里走。就等天亮。在一秒钟一秒钟地等待天亮时，有好几次我都快坚持不住了。我曾两度悄悄找医生询问，我们是否可以现在就把父亲拉回家去。

可我们还是等到天亮了。天亮之后，我们已经不再犹豫。我们和父亲一起回家。启程前，我已经给族里的兄弟们打了电话，说父亲可能到不了家里，让他们背着我母亲悄悄准备后事。但是，我们到家了。到家时，父亲的点滴还在继续。父亲见到了母亲。有很多人来看父亲，和父亲说话，他还认得他们，他的大脑一直很清楚。谁也没想到的是，回家之后的父亲却一天天好起来了。所有的人都为之感到欣慰。

每天的大部分时间父亲都在炕上躺着打点滴、吸氧气，我和母亲，还有几个妹妹、侄子和外甥们轮番守在炕头上，盯着点滴，不时有一句没一句地跟父亲说着话。一个星期之后，父亲可以慢慢下地活动了，家里又有了笑声，气氛也不再那么紧张和沉闷了，生活仿佛又回到了往日的样子。

这是7月下旬的事了。从那天下午，一直到8月下旬的这段时间里，老家山村都在下雨。那些往事就随着那阵阵细雨飘然而至，透过那雨天的云雾纷至沓来。

30年前的这个季节也一直在下雨，而且，比这个季节下得还要大，还要多。

那一年，我考上了大学，但是，快开学了，那雨却还没有停。那时候，县城到我们公社只有一条沙土路，中间还要翻两座山，过四条河，平时每隔三两天都会有一趟班车，偶尔，如有卡车过往，也卖票拉人。可是在雨雪天，那路上就没有车通行了。父亲准备牵着一匹骡子驮了行李送我到县城，县城边上有一个小火车站，我可以从那里上火车，去那个遥远的地方，那个遥远的地方叫北京。整个家族的人和所有的亲戚都在那大雨中为我送行。从那小山村到县城需要走75公里的路，要是走近道山路，大约有60公里，一天的时间就能走到。父亲和村庄里的其他一些人曾赶马车往县城运送过公粮，也曾用骡马从县城驮运过东西。那天一大早，父亲和我牵着一匹驮行李的骡子在雨中上路，我和父亲穿着雨鞋和雨衣在泥泞的山道上蹒跚前行。走到半路上时，雨停了，但山道依然泥泞难行，父亲不停地劝我骑上骡子走，我说你骑着，我走路。最后，我们谁也没骑，我们一起走路……

大约在晚上十点左右，我们抵达县城，一进县城边上，我们就找了一家车马店，住下了。也许是走路累了的缘故吧，那一夜的事情，我几乎什么都不记得了。第二天早上，我醒来时，父亲不在身边，就等他回来。父亲回来时，背着一捆青草，他一边把青草给骡子，一边回头对我说，它饿坏了。之后，我们一起去商店给我买了一双鞋、一条裤子，才去火车站买票。买到的车票是次日中午的，当天的火车已经错过。我们又回到了县城，为了住得离火车站近点，我们特意换了一个住处。但是，新换的这家旅店只能住人，却没有安顿牲口的地方，经过一番口舌，店主才答应我们，把骡子拴在临街的窗户跟前。那窗户里面有一面大火炕，就是我们的住处。这样，我们就可以随时照看那匹枣红色的大骡子了。

土墙、土炕、小木窗、大木门，这是一家非常简陋的旅店，今天的中国大地上再也找不到这样的旅店了。直到现在我都不大明白，那家旅店里为什么会有那么多的苍蝇，还有吸血虫。虽然，此前我曾不止一次地到过县城，甚至还到过省城，但是，我对县城以上城里人的生活场景没有太多理性的认识。我一直生活在乡下，当然也见识过苍蝇和吸血虫之类了，可我从来没见过有那么多的苍蝇躲在一间狭小的屋子里。那天傍晚，我和父亲走进这家旅店时，一推门，只听得"嗡"的一声，从墙壁上、天花板上腾空而起的苍蝇罩住了整个房间，从那屋子里穿过时，我们的额头、脸颊、鼻子和耳朵不停地碰到那些苍蝇的身上，鸡皮疙瘩一下就从头顶长到脚心里了，厚厚的一层，感觉像长了硬壳。

因为那些苍蝇和吸血虫，那一夜，我睡得不太踏实。而父亲却一直那么坐着，一点也没睡，直到天亮。夜里，有好几次我被那些吸血虫叮醒时，我看见，父亲还那么坐着，黑暗中，他坐着的身影依稀可见，一星火苗忽明忽暗，他从晚上点燃的旱烟一直不曾熄灭。我一醒，他就能感觉到。他知道是那些苍蝇和吸血虫吵醒了我，为了让我睡得踏实一些，他就在黑暗中骂骂咧咧地赶那些苍蝇和虫子。我就装着睡着了，在黑暗中看着自己的父亲。他还在赶那些苍蝇和虫子，有时也会爬在窗户上看一眼骡子。骡子一定是感觉到了他关切的目光，在窗外打了一个响鼻，像是在说，别瞎操心了，我没事的。于是，他又坐回原来的姿势。守护着我的安宁，而我既无法成眠，也不敢辗转反侧。只有我睡得很安静，父亲才会安心，我就强忍着那些苍蝇和吸血虫的不依不饶，装睡。这是我第一次要出远门，走那么远的路。我自己倒没觉得有什么，可他一定很担心。他甚至想象不出我要去的地方究竟有多远，虽然要坐火车，但是，那火车会怎么走呢？

　　之后的记忆一片模糊，记忆再次变得清晰的时候，我已经在那趟开往远方的火车上了。那时候的每一列火车上都塞满了人，连过道和座位下面都是乘客，记得很多乘客还挑着担、背着筐，甚至还带着猪仔鸡鸭之类一同上路。我老家县城的那个小火车站非常简陋，所有过往火车经停的时间都很短暂。好像火车刚一进站，我就背上行李，火急火燎地挤着上了火车，上车前，我甚至没有来得及跟父亲说一句告别的话。上了车，看到连门口都站满了人，心里有点慌乱，就急急忙忙去找一个可以立足的地方，却忘了跟父亲打招呼，譬如，挥挥手什么的。挤进车厢后才意识到站台上还有为我送行的父亲，他可能还站在那里等着儿子跟他告别。就把行李扔在人堆里，往车门跟前挤过去，这时，火车已经开了，我又往窗子跟前凑，狠劲地伸长了脖子望向窗外，在站台上找寻父亲的身影。可站台上，没有我的父亲。火车正在行驶。火车已经驶出站台，而我伸长了的脖子还在那扇窗户前摇晃，这时，我看到了我的父亲，他正在往回走，那是一段下坡的土路，他正在下坡。刚刚还看见他正迈动脚步的整个背影，一眨眼就只剩下一副肩膀了，再一眨眼，就什么也看不见了。我回到行李跟前，把一只脚狠狠踩在行李上，懊悔不已。我从未问过父亲，那天，他在回家的路上想过些什么，但我肯定，他一定在纳闷儿，为什么我连一句告别的话都没有说，就那么走了。那时，我已经读过朱自清先生的《背影》了，挤在人堆里闻着满车厢的汗臭味儿，用心回望父亲的背影时，我父亲的背影却已经远去。这是

20

我第一次远行，也是父亲第一次走那么远的山路为我送行，以后再也没有过，所以，我也就错过了唯一一次在一个车站、一个站台上和父亲告别的机会。

在老家守护父亲的那些日子里，几乎每天都会有人来看望父亲。在与他们闲谈时，我曾留意过他们的谈话，在不经意间，他们总是会谈到一些往事，譬如偷麦子的事，其中大多都有父亲的影子。我感觉，那是有意为之，是想让父亲从他们的记忆中感觉不曾遗忘的温暖。那是一种回忆，我从父亲脸上流露的神情判断他对某些细节片段的肯定与质疑。有时候，我发现他的眼神中突然会有异样的光芒，脸颊上还会泛起红晕，甚至有泪光溢出眼眶。我想，一定有一些事让他心潮起伏。尤其是那些老人们的闲谈最有劲道，只需三言两语地轻描淡写，他们便把一个人一生的事给说透彻了，我确信那就是人生的智慧。听他们闲谈时，我忽然明白了一个道理，一个人记忆最深刻清晰的往往不是发生在眼下的事情，而是反复经历过岁月淘洗的事情。一个老人的记忆就像一条大河，大浪淘沙，大凡经得住岁月磨砺的都是沉在河底的那些巨石，时间越久远，它们越发光亮。父亲记忆的河床上也一定安卧着许多这样光亮的巨石，一个一个的浪潮和漩涡舔舐着上面的纹络，让一切走远，不曾磨灭的就会变成铭刻。以前，我从不曾用心倾听过那些乡间老人的闲谈，当然也无从知晓那些闲谈中饱含的人生智慧。

一天，家族里一个爷爷来看父亲，他比父亲小一岁。临走，我送他出门，从一棵山杏树下走过时，一颗熟透的杏子落下来，差点砸到他头上。如同那颗苹果掉到了牛顿的头上，那颗杏子也让他灵光一闪，他感慨道："人就像树上的杏儿，熟透了就掉下来，掉一颗少一颗，一茬一茬地掉。"

家门前的园子里有很多树，其中大半是山杏树，有几棵是父亲种的，其余都是我种的。送走了那个爷爷辈的老人，再次经过那棵山杏树下，举头望着挂在树枝上的那一颗颗熟透的山杏时，我就像望着家族里一个个先辈渐远的背影。家族就是一棵山杏树——许多家族就是一片树林了——每一个家族里的成员都是那树上的一颗山杏，最先熟的是长在树尖上的那些杏子，而后是再靠下一点树枝上的那些，黄了，熟透了，它们就会自己掉落，一颗接一颗地落在地上。现在，父亲也像一颗熟透的杏子，挂在一棵树上，摇摇欲坠。

家族、亲情和血缘是一些很特殊的字眼，其中的滋味和意蕴只有经历过漫长岁月的浸泡和发酵才能完全体味。现在的城里人三代之内还有清晰的记忆，超过了三代，记忆就模糊了，很少有人会记得他爷爷父辈们的人长什么模样了。但在乡下却不一样了，那些记忆依然鲜亮。我们家族在现在那个地方的历史不算长，顶多不会超过 170 年，总共只有八代人，目前尚有六代人在世，我上面有三代，我下面也已经有两代了。我父亲的爷爷辈尚有一位老人在世，是我的老太爷了，两年前回家过年时，我还曾专门去给他磕过头。以年龄，他比我父亲大不了几岁，但是，父亲却得叫他爷爷。那次去看他，他问起我父亲时，直呼其名，听起来，像是无意中提到了族里一个半大不小的孩子。对一个人来说，这是一种非常奇妙的记忆，这种记忆会让你时刻感觉到自己的渺小和无足轻重。你就是活到了八九十岁，只要回头一看，你所看到的所有人的眼里，你都是一个孩子，而且永远都是。在古往今来的人生旅途中，你永远只是一个普通的过客。如此想来，父亲也还是一个孩子了。父亲是一个延续，父亲的父亲也是一个延续；我是一个延续，我的孩子们也是一个延续，这种延续就构成了生命的历史。

父亲现在的样子越来越像他父亲我爷爷年老时的样子了，甚至坐着的姿势和看人的眼神也都一模一样了。和爷爷一样，父亲也越来越少言寡语，他们都把心思写在眼睛里让人去读，尤其是他们厌恶的事情。要是看谁不顺眼或者谁令他们生气了，他们都会皱着眉头，将自己的头略略低下来一点，然后，斜着眼从底下绕着弯，瞅你，却一言不发，那眼神很锋利，像剜刀。

和爷爷一样，父亲仅存的那几根白头发也越见稀少了，而且很细。一天下午，我突然很想给他剃个头，征得他的容许之后，我就开始动作。本想用剃头刀，可我不会使，而且，父亲躺着，用刀子不方便，就用一把电动剃须刀给他剃头。先把一面刮干净了，等他再翻身的时候，又把另一面也刮干净。从他配合的细微动作中我断定，他很乐意我给他剃头。剃掉了那几根白发之后，父亲的头看上去就像一颗刚刚洗干净的土豆。我笑了笑，差点把这一发现说出来，可想了想，还是忍住了。父亲的威严不可冒犯，那是我头顶的天空和天空之下的山冈。即使有一天，父亲离我们远去之后，那天空和山冈依然浩荡绵延。

马镫与火盆

　　我书架上放着一对马镫，是生铁打造的，镶着银饰，是回形纹。我客厅里放着一个火盆，是紫铜铸造的，上面有八宝图案，边沿有纹饰，也是回形纹。这两样物件与两个老人有关，马镫属于我爷爷的爷爷；火盆的主人是我母亲的亲叔叔。我爷爷的爷爷原本是一个牧人，后来变成了一个农夫，所以，我也从一个牧人的后裔变成了一个农夫的后代。我母亲的叔叔是一个僧人，终身未娶，自己没有后人，我母亲就是他的后人，所以，一个僧人也就成了我的外公。

　　我爷爷的爷爷早在我爷爷出生之前就已经不在人世了，所以，他对我爷爷其实就是一个传说中的人。我母亲的叔叔在我出生之前也已经不在人世了，所以，他对我也是一个传说中的人。两个传说中的人之所以跟我发生某种直接的关系，就是因为那一对马镫和那一个火盆。

　　一次回老家看望父母亲，与父亲闲聊，说起了一个个已经不在人世的先人，说着说着，就说到了一对马镫。父亲说，家里有一对马镫，传说是你爷爷的爷爷的马镫，是家族里可以找到的最早的东西了。一对马镫而已，没什么稀奇的。我当时并没在意。可父亲接着说，前些日子，来了一个人，也不知道是从哪里听说的，说我们家有一对马镫，他想买。如果不愿意卖，换也行，他会买几副新的马镫送给父亲。父亲心想，家里早已不养马了，要新马镫干什么，就没有答应。听到这里，我仿佛才听出点意思来，便急急地问道：那马镫还在吗？父亲说，在，就在堆杂物的那个小房间里。记得那是个晚上，我都等不到天亮了，好像天一亮它就不在了一样，连忙催着父亲带我去找。其实，用不着费心寻找，马镫用半截麻绳链着就挂在一根柱子上，父亲径直走到那根柱子跟前一抬手就拿了下来。

马镫原来在一盘马鞍上。父亲说，马鞍也还在，就在自家院子里的某一个墙角落里。很快马鞍也找到了，只是已经面目全非，就剩一个骨架了。本想把马鞍也拿到城里的家中找个地方安放，可是，因为过于破旧，只好让它还留在原来的那个墙角落里，只拿了马镫回来。回来之后，我把那一对马镫仔细地擦洗，生怕擦掉上面的银饰，没敢用砂布，只用柔软的纸巾或棉毛巾反复擦拭，直到上面的大部分污垢都擦掉为止，但是，上面仍留有明显的锈迹，那是不好擦掉的，要是再擦，就会留下刮痕。擦完之后，我就把它放在书架上了，每过一段时间，我都会把它们拿起来看看的。我也不知道，自己要看什么，只是觉得，时间长了，让它们一直待在那里，不拿起来看看，似乎会冷落了它们，慢待了它们，它们会委屈一样。

火盆原来在我另一个外公家里，他也曾是一个僧人，后来还俗娶了妻子，过起了世俗的生活，但也没有生育，我一个表兄，他堂孙自幼在他们身边。火盆原来的主人，另一个僧人是他的哥哥，哥哥死后，他就成了火盆的主人。他们在世时，我常去他们家看他们。那个时候，农村还没有火炉，冬天取暖都用火盆，一般的火盆上面都是敞开着的，如果去掉那盆沿，就跟一般的洗脸盆没什么区别，就是浅一些。我外公外婆也用火盆，但样式却跟别人家的不一样，它不是生铁铸的，而是用紫铜做的，上面还有漂亮的花纹，靠沿口地方的花纹还是镂空的，像窗格透着亮。火盆下面配了一个方形的木质架，像小方桌，只是中间空出了一个圆圈，火盆沿儿以下鼓出来的部分刚好放进去，火盆沿儿就架在上面了。因为那个小木架四周都用木板钉死了，我没看到过那火盆的腿子——或者说，我根本不知道它到底有没有腿脚。从火盆沿儿延伸出去的木头架不是十分宽敞，但也足够放一个茶碗。我外公一个人喝茶的时候，茶碗就放在上面。有客人的时候，火盆旁边一般还配放一张炕桌，外公也会把自己的茶碗从火盆沿儿挪到桌子上。青海漫长的冬天里，那火盆里一般都用木炭生有文火，阳光好而天又不太冷的日子里也用麦草灰煨一点火，使屋子里保持着一点温度。

火盆上一般都会坐着一把铜壶，壶底刚好能嵌进去，不大不小，严丝合缝，这样火盆既有了一个盖子，同时也让壶里的茶水一直热着，什么时候都有热茶喝了。壶是用黄铜做的，我外婆每天可能要擦好多回，那把铜壶总是金光闪闪的。壶把是半圆形一样粗细长短的两根铜条，也是光灿灿的，可以两边分开，但提的时候是要并在一起的，这样才不会硌手。没人动那壶的时候，我喜欢把那壶把分开了放，觉得这样它才好看，两个壶把，一边一个，像耳朵。壶盖鼓鼓的像一座宫殿的穹顶，上面还立着一个略带椭圆形的小尖顶。这茶壶与火盆最初也许并没有太直接的关系，可能是先有了这个火盆或茶壶，后来，又添了一个茶壶或者火盆，但是，当这两个稀罕物件凑到一起的时候，我外公才发现它们原来是可以相配的，我想，这就是一种机缘。因为我从未就此求证于外公，所以，打心里，我还是愿意相信它们原本就是在一起的。当那把铜壶坐在那火盆上时，你甚至会觉得它们就是一个整体。从旁边稍远一点看，那火盆与铜壶以及下面的支架共同构成了一个宝塔的形状，塔基、塔身、塔顶无一或缺。

除了火盆、茶壶这一对铜器，外公家还有一件东西，也是铜做的，是黄铜，那是一盏灯台，也像一座宝塔、灯塔。那时候没有电灯，一盏油灯置于灯台顶端的灯碗里，灯盏便看不见了，看见的只有灯火。黑夜，灯火飘摇时，那些铜器也就有了光辉，像是有了生命一样。外公家还有什么宝贝，我已经不记得了。可能是因为这几样物件能发出迷人光辉的缘故，很久以后，我所能记得的却还是这几样铜器：一个火盆、一把铜壶、一盏灯台。

因为那一对马镫、马鞍，还因为父亲的提醒，我才开始留意，家族里、亲戚家曾经见到过的那些老物件，这时我才发现很多东西就在不知不觉中突然从家中消失了，看不到了。有些东西，我们是知道它的去向的，譬如，我爷爷的一些私人物品，在他去世时都随他安葬于地下了。其中包括，一个喝茶的龙碗，薄如蝉翼，声如古磬；一副石头眼镜，炎热的夏天戴上，顿时能感觉到一股怡人的凉气；有一串念珠，据说也很贵重……还有一些东西却不知去向，其中包括，一面很大的铜镜，一幅很旧的唐卡和其他很多东西，等我们想起它们的时候，它们已经不在原来的地方了。还有不少亲戚家里的东西，譬如，我外公家的那些铜器，等我想起来找寻它们的时候，那盏灯台、那把铜壶都不见了，那个火盆据说也已经有人来打问过好几次。甚至家族老宅后花园里的那些各色牡丹也不见了。我知道，这样的事不仅发生在我们家族里，在别的家族里也是经常发生的。几年前，我对河南亲王府那个显赫家族最后的那一段历史做一个调查时发现，他们家的很多东西也是在不知不觉中就不见了的，其中也有一盘马鞍——马鞍上当然还坠着马镫——一盘雕花嵌宝的马鞍。我突然意识到，这可能是一个普遍的现象，这才把一些还能找到的旧物件都拿回西宁的家中保管起来，我觉得，它们不仅是一些物件，还是家族的历史，丢了，就等于丢掉了自己的历史。而丢掉自己的历史之后，我们也就无从知晓自己从何而来了。

弟弟从表哥家把那铜火盆拿回来给我的时候，火盆下面的木头架子已经没了，也没有腿子，但它肚子下面的泥胎上留有三个明显的疤痕，很显然，它原本是有腿爪的。那么，那腿爪是什么时候掉了的呢？是在随外公在内蒙古大草原漂泊的时候呢，还是到后来才掉的呢？也可能它到我外公手里的时候就已经没了腿爪，所以，外公才给它配了一个木架来支撑。因为没有腿爪不好安放，我弟弟便自作主张用黄铜给它焊了三条小腿，足部还弄了几条缝隙，我猜，那可能是虎爪的意思。看到那三条不伦不类的小腿爪，感觉就像是一只老虎长了三条狗腿一样。虽然弄巧成拙，但他是好意，我笑了笑，没说什么。不过这样，它就可以立在那里了。这样，我就能随时看到它站立的样子，确信它还在。虽然，它已经没有了自己的腿爪，而不得不换上假肢，但万幸的是，它自己还在。

传说，那对马镫原本也不是属于我们家的东西。一次我爷爷的爷爷出远门，一天夜里，途经一条山谷时，遇到劫匪正在打劫一个骑马前行的路人。他老人家那个时候正年轻气盛，血性十足，路见不平，自然是要拔刀相助的。他大喝一声，纵身上前，冒死阻止了那山谷里正在上演的不义之举，并护送萍水相逢的路人平安脱险，这才与他告别。据说，那是个有钱的主，是个千户百户什么的，很有身份，究竟是个什么样的人物，已经无从考证。当初，我爷爷的爷爷可能清楚地交代过，只是一代代传下来就走了样，记不确切了。那人骑着一匹好马，传说中没有交代是一匹什么样的好马，后来我想，那应该是一匹大白马，因为所有传说中的好马都是一匹大白马。马背上的褡裢里还驮着不少银子——后来我想，那些劫匪肯定是暗中盯上他了，才有此一劫——临别，那人让我爷爷的爷爷跟他一起到他府上，好让他报答救命之恩。可我爷爷的爷爷说什么也不肯前往，说这一切都是缘分，你我在此山谷中相遇是早已注定了的事，我不救你都不行。那人仔细一想，也是。可我总得谢谢你啊，可这荒郊野外的，拿什么谢呢？也好，就随你，反正我离家也不远了。这匹大白马已经跟随我多年，总给我带来好运，就送你了，褡裢里有一点银子也给你，别嫌少啊。可我爷爷的爷爷连这也不要，急得那人不知道该如何是好，最后，竟然说，如果你执意不肯接受我的这点心意，你就把我杀了吧……因为，如果不是你搭救，我早就没命了，还要这些身外之物何用？看来不要是不成了。你想，他老人家刚刚才救了这个人的性命，回头又把他给杀了，这不是多此一举吗？本来是路见不平的善举，这不反倒成了劫匪吗？他只好同意接受了。之后，再次告别。我爷爷的爷爷就说，你没有马骑了，你先走。就牵着那匹马站在那里，看着那人走远了才往家里走。

这匹传说中的大白马就这样来到了我们家族，它的确为家族带来了好运。听说，后来部落里发生了一场激烈的争斗，我爷爷的爷爷就带着妻儿老小，用那匹马驮着简单的行囊离开了原来的草原，来到了我们家族现在生活的那一片山野，用那些从那条山谷里得来的馈赠置办了一些田产，由牧放牲畜的牧人演变成了躬耕山野的农民。想来，已经有一百七八十年的历史了。

而那火盆最初是怎么到我外公手里的，我一直没有听到任何有关的讯息。我只听说，我那外公大半生一直在蒙古大草原上为僧，居无定所，处处为家又没有家。1949 年前夕，遇到兵荒马乱的年月，才又回到家乡。但是，家乡也已经没有他的家了，离老祖宅不远的一个山坡上有一面悬崖，崖壁上建有悬空的菩萨殿，他就寄身其间，早晚清扫楼台殿堂，点灯煨桑，诵经祈福，终日以侍奉菩萨为乐。后来，就从那崖壁上驾鹤西去。再后来，人民公社大炼钢铁，那菩萨殿的雕梁画栋也都拆下来炼了钢铁，成了灰烬。他从内蒙古大草原回到家乡时，就带着那几样铜质器皿和一条小狗，其中就有那个火盆。

他离开人世之前，身边只有那条小狗为伴，据说那是一条灵犬，他离开内蒙古大草原回家时，它一路追随而来，不离不弃。小狗有大名，曰：扎才让。我外公去世后，扎才让看不到主人，不知道人世间发生了什么变故，到处苦苦找寻。所有主人曾经去过的地方，它都找遍了，就是找不到。最后，它竟然茶饭不思，终日蜷缩在那里哭泣流泪，直至气绝身亡。我初听到这个故事后，便感动莫名，以为这是一种义举，不可漠然视之。

我之所以不厌其烦地记下这些琐碎的事情，是因为家族里知道这些事情的人越来越少了。我担心，有一天，家族里没人会记得这些事情。而这些事情对一个家族、对一个人是何等的重要。而我更担心的还不是没人记得这些事情，而是，没人在乎这些事情，那才是真正令人忧虑的事情。因为，一代代下来，我们已经丢失了很多东西，也忘记了很多事情，还有很多事情记得也不是很清晰了，好在还有人在乎。如果有一天没人在乎这些事情了，他们还会在乎别的事情吗？不会的。而一个人、一个家族、一个民族如果到了什么都不在乎的时候，那还有救吗？

坐在菩提树下听雨

老家宅院里有三棵树，一棵是丁香，另两棵也是丁香。只是一棵是紫丁香，另两棵是暴马丁香。暴马丁香在青海也叫菩提树，此菩提非彼菩提。它应该不是当年释迦牟尼坐在树下觉悟成佛时的那种菩提树，那种树原名叫毕钵罗树，因释迦牟尼在树下证得觉悟而得菩提之名。在植物学分类上，那是一种常绿阔叶乔木，在青海这等高寒之地绝难成活。不过，暴马丁香的确也叫菩提树，塔尔寺就有一棵这样的菩提树。塔尔寺原本是宗喀巴大师的出生地，他被佛界誉为第二佛陀。如此说来，又当是，此亦菩提，彼亦菩提。

乙未年四月，母亲病重，医院告知已无良方。期间，好友提供信息，说云南有良医，便急赴昆明求医问药。回到西宁，遂护送母亲至故土老宅，整日陪伴左右，煎药熬汤，希望能出现奇迹，母亲转危为安。三年前，比这个季节稍晚些时候，父亲也病重，医院也曾告知已无良方，我也将父亲护送至故土老宅静养。一个星期后，他居然能下地走路了，之后，一天天好起来，我感觉是故土的滋养起了作用。所以，护送母亲回去时，我丝毫没有犹豫过。

其时，芒种刚过，夏至将至，正是百花盛开的季节，老宅庭前屋外，也是一派缤纷艳丽。这使我想到了母亲，由母亲又想到了一个听来的故事，说的是一个俄罗斯盲人乞丐，正坐在莫斯科大街上乞讨，身前摆放着一块牌子，上面有一行文字，只字未提乞讨的事，却写着一句诗一样的话：虽然已是百花盛开的季节，可是我什么都看不到。所有行人都被这句话吸引，便停住脚步，向他伸出友爱之手。母亲虽然眼不盲，但因为一直躺在病床上无法起身，也看不到百花盛开的样子。所以，一天午后，我们把母亲小心地抱到一张轮椅上，推到门外，让她看花开的样子，晒晒太阳。在一块开满油菜花的地边，还稍稍停留了一会儿。再次回到屋里躺下后，母亲告诉我，现在她一闭上眼睛，眼前全是油菜花，一片金黄。之后的几天里，只要天气晴好，我们都会推着她到田野里转转，有时候，也会在院内的花园前坐上一会儿。直到有一天推她回来之后，她好像很累的样子，才停了一两天。

老宅门前，除了绿树花园就是庄稼地；庭院里面，除了一小块水泥地坪就是一座花园。房前屋后的绿树少说也有二十几种，大都是乔木类开花植物，其中也有多棵菩提树，有两棵还在开花，其香仿佛紫丁香，却远比紫丁香沉着幽远，清雅耐人。花园里也有十几种植物，都是草本和木本类观赏花卉。这些绿树花草是父亲与我共同经营培养的结果，父亲栽种的大多是中用的品种，而我栽种的那些几乎都是中看不中用的。所有绿树花草，平日里都由父亲照看，而我只在回到老家的时候才有机会打理它们。所以，在老家陪伴母亲的这些日子里，除去守在慈母身边的时间，其余时间，我大多在这些树木花草跟前，给它们松土浇水。

忙完了这些事，而母亲也正好睡着，我就会静静地坐在花园前的那棵菩提树下，喝茶歇息一会儿。几乎每天，我都会有好几次坐在那菩提树下的空闲时间。第一次坐到那菩提树下时，几滴雨落了下来，打在树叶上发出沙沙的声音。我抬头看了看天，天上几乎没有云彩，初夏的阳光照彻山野。侧耳倾听，已经没有了雨声。就那么稀稀拉拉地落了几滴之后，雨再没有落下来，但我依然在静静地听，希望能听到雨声，可是没有听到。再听，又似乎听到了，雨声好像并不在近旁，而是在很远的地方——感觉在一个很遥远的地方，正有大雨滂沱。

我忽然想到了两个字：听雨。近一段时间里，这是我第二次想到这两个字，第一次想到这两个字是在一个人的葬礼上。那天，当人们把他的骨灰安放在刚挖好的地穴里，要准备填土的时候，我突然想到那地穴深处或许有一扇门，那扇门隔开了两个世界。一扇门特地为一个人打开了，从那里进去之后，他就去了另一个世界。地穴所在的山坡上哭声一片，泪雨纷飞。这时，"听雨"两个字就出现在我的脑海中，雨声来自另一个世界。故乡有一种说法，一个人亡故之后，送葬的队伍里最好没有哭声和泪水，说生者的每一滴眼泪都会化作冰冷的雨点打在亡者的身上，那是凄苦的雨。可是，顷刻间骨肉分离，生者无法挡住眼泪。

不知道为什么，我感觉亡者正在一个门洞里，回过头来望着我们微笑。一束阴冷的光从那门洞的另一侧照进来，很刺眼。那光芒塞满了整个门洞，以致他看上去就像是被那一束光托举着。那门洞很深，像一个隧道——抑或是时光隧道吧！很显然，那门洞的这边就是我们所在的这个世界，那么，门洞的那边又是一个什么样的世界呢？他或许已经看见了那个世界，所以，才回眸一笑。可是，除了那一束光芒和那个门洞之外，我们什么也看不到。当然，这只是我的凭空想象，也许那光芒的实质不是光明，而是黑暗，它挡住了一切，阻隔了一切，使我们无法看到里面的真相——那也许就是死亡的真相，也是生命的真相。

我很清楚，这只是一刹那间闪现在脑海中的一个景象。佛经上说，一念之中有九十刹那，一刹那又有九百生灭。生生死死的轮回随时都在进行，须臾不曾停歇过。而在那一刹那里，我甚至想到过，站在那门洞里回头微笑的那个人不是我所熟悉的那个孩子，而是我自己。我在我自己的葬礼上。我听到了雨声。雨季如期而至，雨铺天盖地，大大小小的雨滴落下来，我在无边无际的雨中艰难前行。那个世界里没有动物，没有植物，甚至没有泥土，没有你曾熟悉的任何物质——那个世界里的物质看上去更像意识。雨落下来，却不知道落到哪儿去了，没有在地上溅起水花，也没有漂起水泡，它们好像直接钻进地缝儿里，穿越而过，落进了另一个世界里。雨滴不停地落在我的身上，我知道，那其实并不是真的雨，而是另一个世界里人们的眼泪。它穿越时空，纷飞而至，飘落在另一个世界里就成了雨。它从我的身内穿过去，像子弹那样，我甚至能听到它从我身体里呼啸而过的声音。

可能与自己的年龄有关，感觉一过了五十岁，生活中的葬礼一下就多了起来，好像刚刚从一个葬礼上回到家里，又听到另一个葬礼要举行的消息。这当然不是现在亡故的人比以前多了，以前也一定有人从这个世界上不断地离开，而是因为你还年轻，从你身边离开的人还不是很多。即使有，也是隔了足够长的时间，会让你有一个从悲伤中走出来的间隙。可是，这两年不一样了，好像随时都有一个葬礼在等着你。于是，雨声不断，生命中的雨季已经来临。

宅院里有两排木头房屋，一排朝南，一排向东。坐在菩提树下时，我面朝向南的屋子，背靠花园。花园中间有一棵碧桃长得茂盛，它先开花，后长叶子，花早已败去，现在只剩叶子了。还有六棵牡丹、三棵芍药、一棵皂角、两棵野生核桃、五六棵大丽花、两棵荷包花、一棵园柏和一棵大叶杜鹃。点缀其间的是几棵菊花和一溜金银花。有几颗牡丹是今年新栽的，刚长了新叶子，其余几棵牡丹，花也早已开败，最后的一两朵牡丹也在那两天败落了。所有开花的植物，现在只有那几棵芍药。刚回到家时，它们才开始打花骨朵，只几天时间，都已竞相开放。花园的墙上爬满了一种藤类植物，大约有十几株，是我从城里买回来种在那里的。当时，我是能叫出它们的名字的，现在却都已经忘了。它们有五角形花瓣样很大的叶子，厚厚地覆盖着砖墙。菩提树冠如伞盖，再强的阳光都照不到树下。树下放了两块平整的石头，正好当茶几，抬一把椅子、端一杯香茶坐在树下，就可以安静下来了。

从四月底到五月初的好些天里，都会落下几滴雨来，却一直没有像样地下过。只有两次，淅淅沥沥地下了不到半个时辰。我都站在那菩提树下听过雨，仔细听过之后，我发现，它落在不同的地方所发出的声音是不一样的。在那树下，我所听到的其实并不是雨声，而是树叶的声音。雨滴落在水泥地上时，一开始，一落下就干了，慢慢地，水泥地都被淋湿了。再后来，竟然积了薄薄一层雨水。而落在花园泥土里的雨滴，一落下就钻进泥土里不见了。因为久旱未雨，那点细雨对土地来说起不了什么作用，半个时辰之后，那泥土也才泛起一点潮气。

　　有一次下雨时，我还走出院子，到前面的田埂上去听过雨声。一走出门前的花园和菜地，就是大片的庄稼地，大部分种着麦子，也种了几块油菜。麦子正在抽穗，油菜刚进入花期，金灿灿的油菜花开得正艳。我俯身麦田，将耳朵伸到麦子地里细听，听到的是很轻柔的雨声。雨滴顺着麦秆滑到下层的叶片上，结成了露珠。少顷，又侧身油菜花地倾听，听到的却是很清脆的雨声。雨滴先落在顶端的花瓣上，而后从那里轻轻滑落，落到下层宽硕的叶片上，汪在那里，像一颗颗珍珠，晶莹剔透。想来，那雨滴落下来时一定非常细碎，因为，它落在那一颗露珠大小的花瓣上时，那花瓣只是轻微的颤抖了一下，不仔细看，甚至看不出它曾颤动过。

　　从田野上回到院中，再次站在那棵菩提树下时，雨已经停了。望着花园里的那些开花植物，我想到一句青海花儿的唱词：花开花败年年有，人身才有几遭哩？这是一个设问的句式，但它并无意追间，而是在慨叹人世间的聚散何其珍贵。它提醒人们，对芸芸众生而言，无论你经历过多少次的生死轮回，人生都只有一次，转瞬即逝。还不如那些开花植物，无论时间过去多久，只要到了开花的季节，它们都会如期开放。由此想到母亲，想到父亲，想到一家老小十几口人，今生今世能聚在一个小小的院落里是何等样的奇缘和造化呢？有道是：百年修得同船渡。我们一大家子要在一起生活一辈子，这该是怎样漫长的修炼才能得来的缘分和福报呢？

我是个俗人，俗人总是放不下各种烦恼。母亲病中，守在病榻前，回想母亲一生的经历时，感觉她的烦恼要比快乐多很多，为饥荒、为儿女、为家庭、为年景和收成，甚至为牛羊和天气烦恼。可是，我相信，在她生命最后的这些日子里，她一定感觉到了正是这无尽的烦恼才构成了她珍贵的人生记忆。如果把这么多烦恼一下从她的记忆中抹掉了，她会更加烦恼，而不会只剩下快乐。对一个肉身俗人来说，没有任何烦恼的人生不是真正的人生，能放下一切烦恼的人也能放下一切快乐。我想，那就是觉悟了的人，而觉悟了的人就是佛了。

当然，我并没有像佛祖一样一直坐在那菩提树下。每天，我还有一小段时间是坐在自己屋里的。这一小段时间里，一般我都会做同一件事，就是用一管小楷毛笔在一张早已裁好的宣纸上抄写《心经》，至少每天一遍，有时候也会多抄一遍，有一两幅抄好以后就贴在墙上了。《心经》上说："诸法空相，不生、不灭、不垢、不净、不增、不减。是故空中无色，无受想行识，无眼耳鼻舌身意，无色声香味触法，无眼界乃至无意识界。无无明，亦无无明尽，乃至无老死，亦无老死尽。无苦集灭道，无智亦无得。"很多时候，快乐就是烦恼，烦恼亦是快乐。没有烦恼何来快乐，没有快乐又何来烦恼？

这样下来，一天当中的闲暇时光已经所剩不多，我就利用这点有限的时间观察花草树木、鸟虫飞絮。一天午后，我看到一朵盛开的粉白色芍药里有一只很小的蜜蜂，想必是去采蜜的。它先是向纵深探寻而去，后又在花蕊中间穿行，之后又在一片花瓣上向上攀爬，几经努力，均无功而返，跌落在花心里。它显得很紧张，像是要急着逃出来的样子。我决定帮它一下，便拿一根很细的树枝伸到它的面前，它像是抓到了救命的稻草一样，一下就抱住了小树枝，我轻轻地取出树枝，刚一到外面，它就飞走了。看来，它真是在逃命。可我不知就里，蜜蜂采蜜应该是一件快乐的事情，怎么会心生恐惧呢？过了一两个时辰，再去看那一朵芍药时，我仿佛明白了其中的道理。那朵盛开的芍药所有的花瓣已经再次闭合，将花蕊深藏在里面。也许它会再次盛开，也许这是败落之前的一个前兆。如果那只蜜蜂还在里面，它肯定是逃不掉了。于是，对它心生敬畏，它竟然在几个时辰之前就能预知危险之将临，而我对此却一无所知。后来的几天里，我才发现，一朵盛开的芍药，每天傍晚来临前就会重新闭合，至次日早上太阳出来时，又会重新绽放。很显然，蜜蜂们早在我之前就已深谙其中的奥妙。

也是在这天下午，我刚坐在那棵菩提树下，便被几声悦耳的鸟鸣声所吸引，确切地说是两只鸟的鸣叫，一只是布谷鸟，另一只是喜鹊，它们的鸣叫声均来自屋后那一排高大的白杨。那几天，每天的某一个时刻，它们总会站在中间的那棵杨树上叫个不停。那棵树上有一个喜鹊窝，好几年前就已经在那里了。当布谷鸟站在一根树枝上开始鸣叫时，又总会听到喜鹊的声音。我猜想，喜鹊可能正在孵小鹊，而布谷鸟说不定已将自己的蛋偷偷产在了鹊巢里，盼着孵卵的喜鹊替自己孵出一只小布谷来——这是布谷鸟一贯的习性和做法。而喜鹊则不知所以然，还以为布谷鸟眼馋它的鸟蛋——其实，布谷鸟偷梁换柱、狸猫换太子的阴谋可能早已实施完毕——于是，喜鹊在自家门口叫骂，让布谷鸟离远点，可布谷鸟却装出一副被冤枉的样子大呼小叫，无论喜鹊怎么威胁，它就是不肯离开。

　　我可能有十几年没有听到布谷鸟叫了，这次回老家再次听到布谷鸟叫，感觉是一个吉兆，我希望与母亲的安康有关。这些年因为封山育林等一系列工程的实施，故乡的山野又一派葱茏，曾经砍伐殆尽的树木重新又长满了山坡。加之，农田里施用的农药比以前也有所减少，一些记忆中的鸟儿又回到了故乡的山野。除了麻雀没有以前那么多之外，鸟的种类和数量甚至比我小时候还要多。其中有好些长着五彩羽毛的鸟儿，以前，我只在深山老林中才见过的，现在却在房前屋后飞翔着，鸣叫着。一种俗名野鸡的雉鸟，甚至常常飞到人家的院子里咯咯地叫着。有一天，我还看到两只胖嘟嘟的布谷鸟就在门前的空地上悠闲地漫步，我跟在后面走了好远，它们只是回过头来看了我一眼，而后依然不紧不慢地径自走去，直走到一块油菜地边上，才晃晃悠悠地钻进了油菜花丛中。无论是对故乡的山野，还是对那山野以外的大千世界，这都称得上一件值得庆幸的事。

将目光从屋后的白杨树上收回时，又被庭院中飞来飞去的一群小精灵给截住了。便侧目望向庭院上方，这一看却令我大吃一惊。那个小小的庭院中竟然飞舞着无数个幼小的生命，这还是肉眼所能看到的——而肉眼所无法看到的一定会更多。这些飞行者大都是一些飞虫，但也有一些杨絮之类的飞行物，其中有一只像蜻蜓那么大的黑色蚊子，它是小院飞虫中的独行侠。杨絮如果漫天飞舞，是一件令人讨厌的事，它们会落得到处都是，像雪花，却远没有雪花那样讨人喜欢。但是，如果只有几点杨絮在半空中轻轻盈盈地飞舞，那却是一件赏心悦目的事情。它居然也能自由地飞翔，甚至在落到地面之后也能重新飞舞起来。

坐在那棵菩提树下时，不断有五颜六色的飞虫落在你的手上、脸上、鼻子上，甚至直接飞进耳朵里，发出轰隆隆的声音。有的甚至会叮咬，让你感到轻微的疼痛。这天下午，无意间，我还看到一条足有三四米长的蜘蛛拉的丝线，从一棵丁香树直接拉到了对面的屋顶上，看上去就像是一丝流云，令人叹为观止。且不说它拉这样一条直线有什么用——也许是一座蜘蛛用的高架桥吧——我惊讶的是，它是怎么做到的，难道它能凌空飞渡不成？要么它们一定也有远距离高空作业的特殊装置了，要不，以人类的常识而言，这是绝难做到的。

很多时候，坐在那菩提树下的并不是我一个人，还有其他人，有老有少。但大部分时间里，除了我，只有父亲。与他坐在那树下时，他只默默地坐着，不说话。我能看出来，他很担心母亲的病，但并不表现出来。有一天下午，我在那树下对他说，你去看看母亲呗。他先是装作若无其事的样子，像是没有听见。我看了他一眼，他才轻轻点了点头，之后向母亲的屋子方向望了一眼，便不作声了，我也没再说什么。我知道父亲的秉性，他可以把天大的事都装在心里，而不露出半点神色。沉默。再沉默。这是他不变的神态。任世界风云变幻，潮起潮落，他自岿然不动。

　　五月初的一天，又下了一点雨，前后也不到半个时辰，下得也不大。我又坐到那菩提树下听雨，直到雨过天晴。雨停的时候，一只小蜜蜂一直停在我眼前，飞快地拍打着一对小翅膀，好让自己能保持飞翔的状态而停留在半空中。如果你不细看，根本看不出它是在飞，而更像是被一根看不见的细线吊在了半空中。它朝着我发出轻柔的嗡嗡声，两只小眼睛一直定定地盯着我看。我觉得，它就是几天前我帮着从花蕊里逃生的那只小蜜蜂。后来，我才发现，它也并非一直停在一个地方不动，只要有什么蚊虫飞近它的领空，它会立即做出反应予以攻击。那反应之敏捷、攻击速度之快，令人瞠目。攻击之前，它几乎不做任何准备，需要攻击时，直接弹射出去，像一支箭。它所攻击的对象，有些我是能看见的，有些我是看不见的。所以，它在我面前停留飞舞的那一会儿里，其他蚊虫皆不得靠近。只有一只黑蚊子在它下方超低空飞行——那可能是一种隐蔽方式——它比前几日看到的那一只黑蚊子稍小一点，但也有一只小蜻蜓那么大了。

足足有半个多月时间里，尽管很多天的天气预报都说次日有雨，但是，雨一直没有下下来。我想，它可能落在了远方，譬如法兰克福或巴黎，譬如巴西高原或智利山地。这使我想到，智利有一种民间手工艺品或者说是一种民间乐器，它有一个好听的名字：听雨。它是用仙人掌的枝干做成的，里面装有细沙，两端封死之后，拿起来置于耳边，使其倾斜，便会发出沙沙的声音，那声音就像是雨点落在树叶上发出的声音，美妙至极。那年去上海看世博会，在智利馆巧遇此物，很是喜欢，买了一根把玩，至今爱不释手。有它在，即使看不到雨，即使在没有雨的季节，我也能听到雨声了。

直到端午节前一日，一场像模像样的雨才下了起来，从大清早开始到午夜时分一直在不停地下，虽然不大，却也细密。临睡前，我还煞有介事地到那菩提树下站了一会儿，听雨。因为有菩提树的伞盖，雨滴不会直接落在身上，落到身上的是菩提树叶上的雨水。这时，我所听到的雨声已不那么清脆悦耳了，因为树叶都被淋湿了的缘故，雨滴落在菩提树上所发出的声音，多了些零乱，而少了些韵致。

人生苦短，行色匆匆，难得有专门听雨落、听雪落、听风过、听花开、听鸟鸣的时间。久而久之，我们已然忘怀了雨落、雪落的声音，也想不起风吹、花开和鸟鸣的声音了。可是，也许这些才是生命里最值得聆听的声音。

我无法预知，母亲能否过得了这个坎儿——也许是命中早已注定的一个坎儿，也不知道日后，我还会不会坐在那棵菩提树下听雨，但可以肯定的是，父亲、母亲，还有我自己，最终都会走进一场如期而至的雨，消失在绵绵不绝的雨幕中，无影无踪。那么，谁还会坐在那菩提树下听雨呢？谁又会站在那雨幕中回眸，拈花微笑呢？好在那棵菩提树一直会在那里，只要有人坐在那树底下，就会听到雨声自远方纷纷而至。

最后的麦草垛

　　一辆小型收割机几个来回就把一块地的麦子给割掉了。留着一地高高的麦茬，还披着金黄的叶子，像一支支箭镞，而麦秆纷乱地散落一地。最后，那轰鸣的机器用一根像烟筒一样粗壮的橡胶管，把一粒粒金灿灿的麦粒儿吐在一辆手扶拖拉机的货箱里。那时我想，对我的父亲、母亲来说，这是最后的麦子了。尤其是对我的母亲，因为，在麦子将要成熟的季节，她已经离我们远去，这是她种的最后一茬麦子。

　　早在几年前，我就劝过她，已经种了一辈子庄稼，别再种了，她一直不愿意。直到去年底，她才勉强同意不再种地了，可是，一开春，她还是不忍心将自己精心务劳了半辈子的土地给别人，说最后再种一茬，然后再给别人。看着她满心的不舍，我再不好说什么了。

　　清明回老家上坟时，两块地的庄稼已经种上了，一块小点的地里种了麦子，另一块稍大点的地里一大半也种了麦子，剩下的一小半里种了一溜蚕豆，一溜土豆。要是往年，这个季节麦苗已经绿了，过几天，母亲该下地锄草了。今年的清明来得早些，回家时，麦苗还没有出来。离开父母亲时，我一再叮嘱母亲，今年可不能再下地锄草了，她满口答应。母亲果然没有再下地锄草，据村里人讲，因为母亲多年来不间断地细心勤锄和耕耘，地里其实早已没什么杂草可锄了。可是，我知道，她之所以没有再下地锄草，并不是因为我再三叮嘱过，而是因为她的身体原因。

清明过后，她的饮食就出现异常，饭量比往常减了许多。她说，可能什么东西吃得不对，有点消化不良，无大碍，吃点药就好了。因为，母亲的肠胃一直未见有任何毛病，我们也都没有太在意。此前不久，母亲还陪父亲到城里看过医生的，因为事先约了城里的名医，我们顺便也带母亲去把了把脉，为她的颈椎病也抓了几副草药，便回去了。不过，还是惦记着她的饮食，离家近点的两个妹妹，隔三岔五都要去看望的。每隔十天半月，我也回去看看。有一次回去时，母亲告诉我，她吃了几副草药，已经好一点了。

直到端午前夕，麦子都已经抽穗的时候，我们才把母亲接到城里给她做仔细检查，这一查就查出了大问题。一个星期之后，虽然全部结果尚未出来，但医院肯定地告诉我们，母亲患有癌症，已经晚期，除了肠胃，肝、肺、脾等脏器均有转移，医院明确表示，已经毫无办法。一家人这才四处求医问药，可是，为时已晚。在医院病床上受了半个月的折磨之后，我们就把母亲接回老家照料，几个妹妹日夜守护在身边，轮番搓脚抚背，无微不至……也许是回到家里的缘故，也许是那几味云南汤药的缘故，有几日，母亲似乎好起来了，竟然能吃下去一些食物，精神也好些了。我们兄妹几个和几个侄子、外甥一大群人把她放在一把轮椅上，高高兴兴地推到门前的田埂上看庄稼。从那田埂上，能望见她种的麦子。她看到了，说今年的麦子长得好。可是，好景不长，没几天，我们再也无法推母亲出门了。虽然，麦子一天比一天成熟，可是，她再也看不到了。随后的日子里，母亲一直躺在热炕上，一点点消耗着仅存的那点生命——她曾说过，命是一点儿一点儿没的——这是我记忆中母亲说得最深刻的一句话。最后，母亲身上只剩下一层皮了，没有一点血肉……一个月之后，母亲便静静地离开了我们，走前没有一点征兆，像是最后一次睡着之后，再也没有醒来。

在我们老家，说到一个人离开人世时，不说离开，也不说去世或逝世、亡故这样生硬的字眼，而是说回去，或者说回去了。他到这世上好像不是来做客的，也不是旅行度假的，而是从另一个世界流放到这个世界做苦役的，终于等到服役期满，他要回去了。母亲走后，我便在心里一遍遍默念几个字，回去吧，回去……念到最后时发现，这几个字竟然与大般若心经的结尾很相似。自唐以来，《心经》汉译者甚众，公认玄奘译本最为深邃精巧。《心经》结尾的咒体属密说部分，当为除苦厄。以唐玄奘译本为例——其实，其他译本亦不例外，单看字面或读音，我等凡俗之辈无法破解其深意。后世国人用白话一般会译为：去，去，到彼岸去，到究竟彼岸去，菩提最终圆满成就。也许与当时的心境有关，我稍稍做了些改动，把它译成了：回去吧，回去，回到彼岸去，回到最初的那个地方，除去一切苦厄，菩提最终会慈悲圆满。虽不敢妄言，这样更接近本意，至少诵读起来，顺口多了。

母亲回去的时候，麦子也还绿着。按照当地藏人的习俗，我们对亡者一律施行火葬。先要用木头做一个呈塔状的平顶斜肩木箱，大小刚好能让亡者坐进去，坐姿呈婴儿诞生前的样子。然后要用土坯垒砌一座两层空心的尖塔，上层安放坐有亡者遗体的木箱子，下层是用来堆放火化的柴火，有东南西北四个火门。火化所用木料，一般选用木质坚硬的圆木山货，按要求尺寸锯成同样长短，这样才好一根根立在塔基内。塔先只垒砌下层和上层的一部分，等出殡时安放好亡者遗体之后，才要合拢塔尖，塔尖也不封死，留作烟道。每个季节，对亡者遗体施行火化的方位也是有讲究的，不可随意行事，至于具体地点，一般会选在荒滩野地。

那时，小暑刚过，火化的方位在正东方向，而东面全是庄稼地，没有荒滩，好在我们家也有一块地在东面——种着麦子、蚕豆和土豆。于是，火化的塔位就定在那片麦子地的一角，靠近很久以前垒砌的一座本康——一种立于山头或路口用来压邪辟灾的土塔，一般用石头和泥土垒砌而成，里面装有被高僧诵经加持过的五行器物、宝瓶、五谷等吉祥物。所有这一切都是由家族以外的村里人自发地去完成的——这也是一种传承已久的古老习俗，随着年龄的增长，我越来越觉得这种习俗的弥足珍贵。这个世界上绝大多数人生活的样子之所以那样千姿百态，不是因为财富，而是因为习俗。某种意义上说，习俗决定着我们每个人最朴素的一些生活品质和愿望诉求。智者帕斯卡尔甚至还说，习俗是正义的本质。所以，当村里人就这个火化地点征询我的意见时，我只说了一个字：好。那时，我不仅想到了习俗，也想到了那片麦子。心想，这样还有一片麦子为母亲陪葬，那是她生命里最后的麦子，她喜欢这麦子。从这里踏上返乡之路，也许一路上都能望得见麦浪翻滚的田野。

我母亲出生在邻村的一个苏氏家族里，是一个非常普通的农家妇女，善良为本，一生辛劳，操持一家老小的饮食起居。不算早产的，母亲共生养七个儿女，其中一个弟弟生下来没几天就夭折了。那时我已经上小学了，我清楚地记得那是一个灰蒙蒙的冬日。那一整天，我在学校里坐立不安，总感觉有事要发生，像是天要塌下来一样，回家时襁褓里的弟弟已经不在了。本该坐月子的母亲已经在厨房里忙碌，为一家人准备晚饭。那个时候，一家人的日子过得非常艰难，常常是吃了上顿没下顿。哪怕是有一口稀汤，母亲也总是让我们先吃。等到大家吃完时，铁锅里几乎什么也不剩了，母亲就刮刮锅底，算是吃过了。别说吃的，做饭的柴火也非常紧缺。记得每到夏天，母亲总是在晾晒那些劳动之余从田埂上割来的绿草。那样的日子里也总是在下雨，那些绿草总也干不透。母亲把它放到灶火里烧水做饭时，直冒青烟，总也烧不着，她就把头伸进灶火里吹火。每做一次饭，母亲都会流很多眼泪……那真是一把屎一把尿、一把辛酸一把泪啊！后来，想起那些往事时，母亲说，那不是在过日子，是在煎熬。我们一家人就是那样熬过来的——当然，那个年代的绝大部分中国人也是那么熬过来的，那个年代的绝大部分中国农村的孩子也都是那么养大的。之后的日子虽然好过些了，但母亲

49

还是那么辛苦，从早到晚一刻也没有消停过，从来没有轻松地过过一天。即使偶尔有点闲暇，她也是坐不住的，总能在闲暇中找到可以忙碌的事情。虽然，有些事即使她一辈子都不去做，也不会耽搁什么，但是，她甘愿忙碌，如果让她闲下来，她真不知道该怎么过。她说，人到世上就是来受罪的，罪不受完，闲不下来，受多少苦和累由不得自己。

据我的初步考证，她的苏氏族姓与青海河湟谷地、祁连山麓和甘肃南部草原一些村落的族人有血脉联系，多为苏姓藏人。这些村落大都叫同一个名字：玛释藏。这个地名与一个人名有关，此人就是玛释藏拉谦·贡巴饶塞，他是藏传佛教后弘期里程碑式的传奇人物。一代大德土观·罗桑却吉尼玛《土观宗派源流》中写道："朗达玛灭佛法之时，吉祥曲吾日出的修道处有三位大德逃至朵麦。喇钦布·贡巴饶赛便从他们出家，受具足戒。以后，鲁梅·楚逞喜饶等十人，从藏地来此，依喇钦学戒。鲁梅等回藏后，建立道场，普传戒律，使佛教的余烬，从下路又重新复兴起来，开佛教再宏之端。由此渐次弘传，使卫藏诸地，僧伽遍满，讲解实修，蒸蒸日上。故喇钦与鲁梅等，对于我们雪域藏人恩德很大。"此喇钦亦即玛释藏拉谦，而最后一世玛释藏拉谦就诞生并圆寂在我们村里。虽然，有人对他作为玛释藏拉谦转世的说法有异议，但我确信不疑，因为我的族人在念他的佛号时念的就是玛释藏拉谦·贡巴饶塞。

从自然单元上讲，我们村由好几个更小的村落组成，虽然现在它们已经连成一片，但在以前它们却是几个互为独立的单元，其中一个自然单元就是玛释藏。我记事的时候，那里只有六七户人家，皆姓苏，最后一世玛释藏拉谦就在其中的一户人家里出生并圆寂，我还依稀记得他慈祥的模样，现在，他的一言一行都已成为我族人心中的传奇。很多年以后，我还到他出生和圆寂的那户人家，翻看过他用花体藏文字写下的那些手稿，虽如捧天书，但满卷锦绣依然扑面而来。心想，那些文字如能传至后世，说不定也是能渡苦厄的不朽经卷。以前，我们家的位置在家族所在夏里胡拉单元的最东头，再往东隔几块庄稼地就是玛释藏，紧挨着我们家的那块麦子地。

母亲出殡那天有雨，跪倒在雨中的麦地之前，我望了一眼那片麦子，它们好像还绿着。我一直低垂着头，不敢抬眼，生怕一抬眼的瞬间，会看到母亲化作一缕青烟从那塔顶上飘走——飘走之后，我就没有母亲了。在眼前一片模糊之前，我似乎看见，那些刚刚踩倒在地的麦子正用它愤怒的麦芒刺向我的眼睛。雨直击后背。后来，有一把伞挡住了上面的雨，心中的雨却倾盆而下。也不知过去了多久，当人们把我架起来时，落在眼镜片上的那一汪眼泪直接浇在心头上。这时，我看见了烟，飘摇的烟，弥漫的烟，被淋湿了的烟，被哭声惊散了的烟……我的亲娘啊……我的母亲已经变成一缕青烟飘远了，飘散了。从此后，我将到哪里去找寻我的母亲？

母亲最后的那些日子里，雨一直没有停过。雨停的时候，母亲已经走了一个星期了。随后的第一个七天里，一直艳阳高照，麦子也一天天变黄了。一天，我对病榻上的父亲小心地说，我还是打算把今年的麦子收了。父亲先是摇了摇头，而后轻声道：算了，谁想收就给谁。我说，那可是你和母亲最后的麦子，我可不忍心给别人。现在母亲已经走了，我要是给别人，她会怎么想呢？父亲又轻轻点了点头，却什么也没说。我也像他一样轻轻点了点头，没再说什么。

准备着要收割麦子了，可是，雨又开始下了。经雨水一淋，原本已经黄了的麦子，又生出一层绿意来，便又放了几天。等天空再次放晴的时候，我们决定去收麦子了。我让一个外甥去叫收割机，自己却扛了一把铁叉早早地到地边上候着。听到收割机穿过村庄驶来的声音时，太阳已经西斜，而且，天空又布满了乌云，远处有雷声响过，雨又要来了。而机器已经到田埂上了，那就开始收割吧。第一滴雨落下来时，最后一垄麦子也收割完毕。

刚把麦子拉回家里，雨就下大了。我原本是去堆麦草的，因为雨，不得不把它们撂在地里。堆麦草是第二天下午的事，得知我要去堆麦草，父亲又轻轻摇了摇头说，堆它干啥？若是没人要，就放把火烧了算了。这回，我一时没有找到恰当的理由，便忙说，我把一块地的先攒了堆着，说不定什么时候会有个什么用场，另一块地的给人。其实，我心里也清楚，那些麦草再也没什么用了。在我老家，麦草一是用来喂牲口的，二是用来烧火煨炕的。母亲病重期间，我把家里最后的一两头牲畜都给处理了，而烧火煨炕的事一般都是由母亲一人操持着，现在留一堆麦草还能有什么用呢？可是，我不想把它给烧了——那几天，田野上到处火光四起，浓烟滚滚，空气中一直弥漫着麦草刺鼻的焦煳味儿，令人深恶痛绝。我也不想把它随便给了别人，因为那是我父亲母亲生命中最后的麦草。

在选哪块地堆麦草的事上，我丝毫没有犹豫，自然是要选母亲火化的那块地了。我挥舞着一把铁叉，没用多长时间，就把半块地的麦草堆成一堆一堆的了，看上去像一座座坟堆。我戴着一顶破旧的遮阳帽，穿着一条牛仔短裤，挂着一把铁叉站在麦茬地里，望着自己的影子发呆——这个样子应该像非洲田野上的一个稻草人。站在麦茬地里时，我在想，把这些麦草堆在什么地方好呢，要是在以前，类似这样的问题，我都会问母亲，她会给我指一个地方，可是，母亲已经不在了。心里如此想，而目光却不由自主地转向母亲火化的地方，心头为之一震：这也许就是母亲的意思。于是，我把已经堆好的那些麦草开始往那个地方集中起来，相比就近堆个小草堆，把很多小草堆集中起来，是一件不大容易的事，没几下，我就挥汗如雨了。到天快黑的时候，我才将四五小堆麦草挑到那个地方，堆起了一个更大些的麦草堆…… 高高大大的麦垛和草垛曾经是乡村随处可见的景象，是乡村中国的一大标志性景观。曾几何时，这种再普通不过的乡村景象也从人们的视野中消失了。人们再也用不着一根根收集麦草来烧饭、煨炕或喂牲口了，所有的麦草都化成了灰烬，变成了烟尘、二氧化碳和雾霾。收工回来的路上，村里人问我，你堆那些草做什么？要拉回去吗？我说，先那么堆着，以后再说。其实，我也不知道，留着这些麦草以后会有什么用。

第二天下午，我又用了半天的时间继续堆那些麦草。麦草越堆越高，也越来越难堆了。到后来，我每次用铁叉堆到上面的麦草有一半要滑落下来，再堆上去，再滑落下来……如此这般，气力都耗在重复劳动上了。有一会儿，我甚至感到灰心丧气，甚至觉得自己的这种举动非常愚蠢，好端端的，为什么要跟满地的麦草较劲儿和过不去呢？便又像个稻草人一样矗在那里，盯着那堆麦草发愣。

我看到，堆起来的麦草已经完全遮盖了母亲火化的那片土地，虽然，还有一大半地里的麦草散乱地堆放在四处，但是，已然堆成的麦草垛轮廓初见，远远望去，像一座麦草堆成的金字塔。当金字塔这个形象在脑际闪过的时候，我便意识到，似乎已经找到了自己这种盲目举动的意义，心中的某个地方一下被照亮了，原来我留着这些麦草是用来当念想的。这个念头一经出现，便根深蒂固，再也没有动摇和犹豫过。

有了这个目的，行动也就有了可支撑的力量。第三天，我干得更加起劲儿了，只用了半天时间，就把剩下的麦草都堆完了。过了几天，再去看时，麦草垛基本还是原来的样子，只在四周有少量麦草滑落，我把它们重新堆到了草垛顶上，还对整个草垛精心做了修补和完善。这样，它看上去更像一座塔了。塔基的土地上是烧化我母亲的灰烬，也许还有未能捡拾干净的我母亲的骨灰。有了这样一座麦草堆成的高塔，那片泥土再也不会受到践踏和污染了。

母亲最后播种的麦子收割之后，那些麦草变成了一座纪念母亲的灵塔，守护着她袅袅飘远的那片泥土。虽然我知道，无论我把它堆得再高，她可能再也望不到这片曾经的麦子地了。要不了多久，这堆麦草也会腐烂，化为乌有。但是我相信，即使过了很久以后，我也能望得见这个麦草垛，因为，那里面堆放着我对母亲的思念，我心里的这个麦草垛会一直存在。草垛会腐朽，但怀念会永久。对我来说，这无疑是一种寄托。过些日子，所有的庄稼都要收割完毕，一块块田地都会用犁一垄垄翻过来。那时，田野上空无一物，只剩下这个麦草垛了，以后也不会再有了。这是最后的麦草垛。

左也菩提，右也菩提

老家宅院的门前有一圈绿树，大大小小加起来该有几百棵，品种至少也有几十种。一到夏天，到处绿树成荫，婀娜婆娑，端一杯香茶，拿一把椅子随便找个地方坐下，都是幽静清凉的去处，好生自在。这是父亲和我两个人共同实施的一项庭院绿色计划的主体——因为它还不是此项工程的全部，在我家算得上是一项浩大的世纪工程。父亲终其一生都在不间断地为之添绿增色，我也付出了几十年的努力。而且，整个计划还在继续，至于到什么时候完工，好像还不是我们父子两个说了算的事。

因为，之前基本上是父亲和我两个人在经营和培育，这些树大致也因个人喜好不同而分为两类。一类是中用不中看的，这类树几乎都是父亲一手栽种的；另一类是中看不中用的，这类树几乎都是我的选择。又因为是父子两代人在做同一件事，父亲出道要早得多，而我毕竟是个后来者，所以，父亲栽种的树木一般都很繁茂高大，尽得阳光雨露，而我种下的那些树大都在那些高大树木的枝叶下蜷缩着，它们想要长成什么样子，还得仰仗上层的垂怜。在父亲年盛而我尚年轻的那些岁月里，这种强弱优劣截然分明的态势从未改变过。

直到父亲越来越老，我也不再年轻的时候，这种情势才有所转化。一切的转变似乎是悄然发生的，无声无息，过程也非常缓慢。再后来，父亲越来越没有气力和精力操心他的那些树了，这给我那些长期挺不直腰杆的晚期弱势植物以可乘之机。它们开始有规模地开疆拓土，并不断拓展自己的生存空间，直到自己占据绝对生存优势的时候，还没有一点停下来的意思。最后，所有曾经高大繁茂的树木都开始败退和衰落，所有经不起风雨的弱小树木都迎来了自己的繁盛时代。

不过，这样一种局势的大逆转并不是一帆风顺的，它充满了激烈残酷的竞争和较量，有时候，甚至会刀斧相向。譬如，我要砍掉某棵树的一根树枝的话，得找个父亲心情愉快的恰当时机，先要试探性地小心说出我的这个想法，还要对自己的目的巧妙地加以遮掩。明明是要给旁边的一棵树打开一片可以伸展开来的天空，可我却说，那根树枝要是再不砍掉，就会影响到地里种的其他作物。可是，父亲要砍掉一根树枝甚至一整棵树，则无须征得我的同意。

门前的院子里，我种了六七棵马尾松，我看中的是它的树形，树枝一层层往上长，像宝塔。有一年回家时发现，他把最下面一层的树枝全砍了，害怕他生气，我没敢问。又过了两年，他从下面又砍了一层树枝，这下我急了，才说松树不像杨柳，是要年年砍树枝的，它只有长成那个样子才好看。他听了什么也没说，但也并不像是生气的样子，以我对父亲的了解，这说明他听进去了，便为那些松树庆幸。果然，此后几年间他再也没砍那些松枝。很多年前，我让朋友从远处移了一株啤酒花来，种在门前精心培育，长得格外旺盛。这是一种草本藤类植物，往院墙搭了一个架，它就顺着往上爬，每到炎炎夏日，便在门口形成了一道绿色的拱门，像彩虹。可是，今年开春后，却迟迟不见它长出来，感到很奇怪，一问才知道，被他给连根儿刨了。问其原因，他竟然说，无用之物，碍事。见此情形，我知道再不能固执己见，否则，就没有回旋的余地。要补救，只有一个办法，得给他老人家先搭建一个台阶，给足情面，这样他才有可能手下留情，这是策略问题。过了些日子，我又从别处移了一株来，稍稍挪了个地方又栽上了。然后，才对他说，这样就不碍事了。他听了，真的没有再反对。

对一棵树的价值或意义，父亲和我的判断标准也大不一样。在我父亲眼里，衡量一棵树有没有栽种和存活的必要，只有一个尺度，它在现实生活中能派上什么用场，它要么能结果子，要么非得当梁当柱，其余皆视为无用之物——至少以前是这样。而在我，除了这些，还有一点虚的，说好听点是为了满足审美的需要，说庸俗点，不过是图个好看罢了。这话说起来简单，可在一个种树人的具体实践当中，它却变得不那么简单，甚至很复杂。它关系到一棵树本该长成什么样子，或者种树人希望它长成什么样子等很多问题，这些问题往往体现在诸多繁乱的细枝末节上。

一棵杏树或李子树，长成歪歪扭扭的样子才显得本真，可我父亲总想让它长得笔直挺拔，而生物的自然属性决定了这些树不会乖乖地遂了父亲的愿，于是，他老人家左绑右拽，硬生生地将一些长得好端端的树捆绑成扫帚的样子。我自然是看不惯的，便趁着他不留神，一一给那些树松绑，像做贼。有时候，也会让他给撞个正着，便装傻充愣，他也并不急着表态，似有默许之状。可是，过一阵子，你会发现，那些被你解放了的树木再次被捆绑，而且，比前一次捆得更牢实了。这一次，我要是还给那些树松绑，必须得讲究些方式方法，而不能毫无顾忌。如果一棵树上绑着好几道绳索，我可能先解开一道，或者只是把绳索放松一点。过些日子，再解开一道，或者再放松一点……这种策略果然奏效，父亲被我的缓兵之计给麻痹了，等他回过神来的时候，一些树已经长大，再也捆不住了。不过，这得需要耐心，不能心急，你得耐住性子慢慢等待，等待被捆绑的树木一天天长大长高。

在漫长的等待中，我突然发现，慢慢地，父亲对一些树的态度也在发生改变。这种变化是悄然发生的，可能他自己都没有意识到会有这样的变化。之前，我们家庭院中也有一片空地，约有两分多地，看似不大，但在庭院里面能有这么一片地，对我们家来说已经是很奢侈了。那原本是我父亲母亲的菜园子，每年都会种上好几样蔬菜，那是全家夏秋季节甚至大半个冬天要吃的蔬菜产地，父亲视之为宝。可后来，它也成了我的花园——原先，父亲只用一张桌子大小的地方种着几样花草。一开始，我种的那些花花草草，只在一棵棵大头菜、大白菜、青萝卜和葱蒜之间见缝插针。它们要找到一小块安全的立足之地，全要看我父亲的脸色，而且，只能装出可怜兮兮的样子，不可张扬，否则，就会招来连根铲除的灭顶之灾。也不知道过了多长时间，应该有十几年吧，有一天，我再次望向这片土地时居然发现，里面曾经繁盛过的那些蔬菜已经全线败退，仅存的几棵也已被挤到墙角和花草的枝叶下了。我还不满足，站在那里对父亲说，这是花园，以后这里再不要种什么菜了。时隔多年，这院子里确实不见了蔬菜的踪影，从春天一直到深秋，那里一直有花朵怒放，一直有绿叶覆盖，甚至院墙上也爬满了层层叠叠的枝叶。我在想，如果没有父亲的包容，这些个没用的植物会有如此繁茂的机会吗？不会，绝对不会。

这种变化不仅发生在院墙里面，也出现在院墙之外。房前屋后，父亲以前种了很多青杨、柳树和榆树，皆为当地树种，适宜生长，几十年间，均已长成参天大树。我种的那些树大致分为两类：一为当地的树种，多为山杏、山梨和山李子，木不成其材，其味酸涩为主，浅尝尚可，若多食，则难以下咽。我之所以栽种这些山野之树，多半可能是受了陶渊明之流的影响，以为如此，虽不能有桃源之居，但至少可在远离闹市的村野，自己有一个清净的去处。再就是从远离故土的地方，移植的他乡之物，多为松柏类植物和可观赏的花灌木。有些还好，但大多可能水土不服，总是病病歪歪地长不好。每次一回到家，给父母亲大人问过安之后，便急忙蹲在那些树下，又是松土又是浇水，不亦乐乎。每当这个时候，父亲只是在一旁静静地看着，什么也不说。

我以为，他已经懒得就这些花花草草的小事跟我较劲儿。可是后来，庭院里面和大门外的院子周围一下冒出不少长得非常好，且极具观赏价值的植物来。一看就知道，都是老家山上的野生植物，无论树形还是观赏性，都比那些我费尽心思弄来的城市园林中的东西要强得多。这时，我才想起，世界上所有城市园林中的那些观赏植物原本并未长在那里，无一例外，它们都来自山野，品味越高的园林越是如此。欧洲那些著名皇家园林中的很多植物还来自青藏高原的山野，植物学界曾流行这样一句话，说没有青藏高原上的植物就没有欧洲的园林。看到我在那些植物旁欢喜流连的样子，站在远处的父亲总是很得意，像是在说，蠢蛋儿子，看看这些货真价实的东西，再看看你煞费苦心弄来的那些东西，你说你在干什么？我没敢正眼看父亲，只是从远处偷偷瞄了一眼，而父亲却早已将目光移向别处，看来，他早就看穿了我的那点儿小心眼儿。

不仅如此，这种变化还发生在父亲亲手栽种的那些树上。看到我总也看不惯他那些树的长相，一会儿嫌这棵树长得太高，一会儿又说那棵树的树头太大。听到这些，他从不说一个字的不是，也从不表示肯定，顶多会微微一笑而已。那样子就像是一个老者看着一个不懂事的孩子在瞎折腾一样。每次看到他那个样子，我都会心里发毛，而且知道，自己正在做的某件事总有一天一定会被自己证明是愚蠢的事。这样的事其实一直在发生，我舍近求远弄来的那些没名堂的花草就是一例。可父亲并不计较，他喜欢用具体的行动来提醒你，却不明着告诉你是怎么回事儿，我想，这也许就是一个父亲的智慧。然而，这次我错了，父亲并未提醒什么，甚至连个暗示也没有。一年开春后，他把凡是我存有异议的那些树全给拦腰斩断了，而这些树还活着，很粗壮的树干上新长了一层层枝叶，远远看上去，像一根根硕大的绿色鸡毛掸子插在了我们家门前。我想对父亲说，我并不是这个意思，一直未敢开口。父亲却主动对我说，那些树再长，你那些树就没有出头之日了。

现在回想起来，我们父子之间也不总是矛盾，有时候，也会出现少有的和谐一致。门口的那两棵核桃树也是我种的，但他对这两棵树的珍爱程度远在我之上，究其原因，主要是它能结核桃，而核桃能吃，自然属有用之物。这两棵树在我们家门口已经有二十余年了，其品种也属外来者。老家有句古话说，桃三年杏五年，想吃核桃十八年。说的是，在当地栽下一棵核桃树苗，得等到十八年以后才能吃到核桃。这两棵核桃树，我种下的时候才是三年的幼苗，可当年它就开始挂果了。虽然两棵树上结的核桃加起来，也不过三五颗，但在我父亲眼里，这已经是很了不起的事了。父亲是个相信老话的人，如果能将老话中说的事反过来，则视之为神奇。神奇之物就是奇迹，与老话相比，父亲更愿意相信奇迹，尤其是自己亲眼见到的奇迹。

他觉得那两棵核桃树就是奇迹，因为，它就在自家门前，不想看到都难。于是，更加珍爱，有时候，你甚至觉得有点过头。老家山村以前也有一两棵核桃树，感觉自打种下之后就没人动过一根树枝，无论岁月如何更替，它都由着自己的性子生长，想长成什么样子就长成什么样子。可我种的这两棵是新品种，需要不断地修剪才会有累累果实。所以，到了修剪的季节，我虽不懂园艺，却也想装模作样地试试。父亲就不愿意，说什么都不让砍断一根树枝。他说，核桃树枝里面全是水，跟血一样，砍断了，流个不停，一定会伤着它的。有几条电线从树顶上过，我说，再不砍掉最上面那几根树枝，就要碰到电线了，那样会有危险。你猜怎么着，他居然用几根绳子绑了几块水泥墩子吊在树枝上。这样树枝确实碰不到电线了，可是每次从树下过，我都感觉头顶上悬着一把剑。但是，考虑到父亲对这两棵核桃树的珍惜程度，我也不再反对，任由那几块重物吊在树顶上，时间长了，也不再感到有什么危险。

因为父亲开恩包容，这一两年，我在家门前院子里种的那些树一棵棵噌噌地往上蹿，而父亲早年所种的那些树却在一点点衰退，大有家中花园之趋势。一开始，父亲还会说点什么，后来却一句话也不说了，一切由着我折腾。如此一来，我反倒有点不自在了，总希望父亲还是说点什么的好，哪怕是坚决反对，可是没有。这种状态在母亲病重期间达到极致，母亲去世后尤甚。不仅对花草树木，父亲对什么都不再表露自己的心迹。儿女们跟他的沟通越来越困难，无论你说什么，他要是点点头或摇摇头就已经算不错了，而且，只在是否接受端给他的食物或药物时，他才有这种举动。大部分时间，他要么紧闭双眼，没有任何反应；要么就是突然睁开眼睛，狠狠地瞪你一眼。如果说，他还对某件事存有一点思虑，那就是死亡。有天夜里，他焦躁难耐，一会儿躺下，一会儿又一骨碌爬起来。有一次爬起来之后，一下瞪大了眼睛问我：到底有没有死亡这回事？我

63

一时不知道该怎么回答，还是身旁的两个妹妹反应快，赶紧接过去说，没有，根本没有的事。他听了自言自语道：哦，没有啊。停顿了一会儿，又自言自语：可能真没有，要不，我怎么就死不了呢？最后一次坐起来时，他说，要是能从这个地方跳下去，一下不见了，就好。那一个晚上，他唯一想做的事就是死。他在火炕上到处寻觅，像是要在看不见的时空中找到一个入口，而后一下钻进去，消失在那里。虽然，谁也不愿说破，但是，谁都清楚，父亲正一点点地离开我们。

母亲弥留之际和过世之后，有些时候，父亲和我们就在院中的那棵菩提树下静静地坐着，或者，让他躺在门口核桃树底下临时搭的一张床上，儿女们就坐在边上陪他，偶尔会互相瞄一眼，算是交流了。父亲原本寡言，如果他不想说话，你要是说个不停，他会很烦。前后一个多月时间里，只有两三个下午，我们可能有过半个时辰的交谈，这已经是破天荒的事了。有天下午，大雨初晴，花园里繁茂的枝叶娇嫩欲滴。父亲望着花园墙根里的一棵枸子树说，它要是再不移走，旁边的那棵牡丹就死了。我赶紧接过话茬说，那是你种的，你要是不说，我还不敢问。你要同意，明年开春了，我就把它移到门前的地里，那里宽敞，它咋长都行。他听后只说了一个字，好。平心而论，这棵枸子是花园里少有的景致，从夏天一直到深秋都缀满了珍珠般圆嘟嘟的红果子。它是父亲从山野中移植到家中的野生植物之一，在花园墙根里只占一小片地方，于情于理，它都可一直在那里，可父亲却主动提出要移走，看来他并不在乎那是不是自己栽下的。与这棵枸子相比，倒是花园中间的那棵碧桃太占地方了，大有独自霸占整个花园的架势，而且，从景观意义上说，它也远远比不上那棵枸子。只不过是我种下的缘故，父亲才说要移走那棵枸子，而保留这棵碧桃。

按理来说，为此我应该感到庆幸，因为，自己辛勤培育的那些植物终于有了出头之日。可是，我却并未感到一丝一毫的快乐，反而平添了许多伤感。尤其是母亲离开以后，看到父亲整日里悲痛欲绝的样子，我甚至有点懊悔。随着父亲越来越老，身体状况也越来越差。自三年前，父亲因胃出血不得不放弃心脏搭桥手术后，一直在老家静养，哪怕是再轻的体力活他都无能为力了。不过，他还是挺过来了，虽然不时有些反复，但还是平稳地度过了三年时光。可是，这次不一样，他正在一点点放弃自己的生命。尽管他一句话也不说，但是，我们能感受到母亲的离开对他的打击有多大，以致他已经不想活在这个世上。身体上的疾病一时可能还不会要他的命，可他心里的这个病，我们却没有一点办法。我们所能做的似乎只剩下陪伴和守护了。

当然，他也不会再操心那些树的事了。每次从那些树旁经过时，我都会想起一些父亲和我与那些树之间的往事来。于是，我会停在某一棵树下，静静地站着，总想对那棵树说些什么，可什么也说不出来。于是，又走到另一棵树下停住脚步，又一段往事浮上心头……在我所种下的那些树里，除了山杏和李子树之外，就属松柏类和菩提树居多，尤以菩提为最。

从宅院里面一直到门前院子的路旁到处都能见到菩提树的身影。门前有一小段水泥路通向村庄里连接村外的大路，只要一出门，这段路是必经之地。每次回家，这是我最后要走的一段路；每次离开家，这又是我最初要走的一段路。路口，我也种了两棵菩提树，一左一右，守在路口。在陪伴父亲的这段日子里，每天，我都要从那里进出好几次，每次从那里过，我都要忍不住停在那里，看一眼那两棵菩提树。一天，从那里经过时，无意间，我随口念道：左也菩提，右也菩提。接着又念了一句现成的：一花一世界，一叶一菩提。这一念，便念出些意思来，个中况味如拈花微笑。

也许对父亲来说，世间的一切已经没有任何意义，不是看透一切，而是已经到了该放下一切的时候，生生灭灭是自然规律，谁也无法逃脱。或者，不生不灭，无老死亦无老死尽，所有过往皆烟云，皆为空相。也许不是……也许父亲早已参透苦难人生，慈悲之心已然升起，菩提已在心里，所以不语。如若心中有菩提，便到处是菩提。我种的是菩提，他种的那些树又何尝不是？

父亲母亲的雨季

母亲弥留之际，几乎每天都有雨。有的时候，一天到晚都在下；有的时候，一天要下七八次。这使我想起，三年前父亲病重时，几乎每天也在下雨。仔细一想，才发现是同一个季节，这个季节在我老家就是雨季。每年这个季节，雨季都会如期而至。可这几年，父亲母亲病重时，都在这个季节，我就觉得，这是我父亲母亲的雨季。

所不同的是，三年前的那个雨季来临的时候，门前的山杏已经熟透了，黄黄的挂在树上，没人去摘，自己一颗一颗地往下掉。为此，我还为父亲写了一篇不短的文字，标题就是《杏子黄了的季节》，里面写到了这样的话，说我父亲也像一颗已经熟透的杏子，摇摇欲坠。不过，父亲并没有像杏子一样坠落，他依然在生命之树上挂着。而三年后的雨季来临时，门前的杏树上却不见一颗杏子——因为，春末的一场厚雪，所有的杏花都给冻掉了，今年无杏。树上没有杏子，也就无从坠落了，以为母亲更不会有事。可这个时候，我却意外地发现，从那些不见有杏子的树上竟然掉下几颗杏子来。原来，那场大雪并未冻掉所有的杏花，在那繁茂的枝叶背后，还藏了几颗没有被冻掉的杏子。这个时候，雨也开始密密地下了起来。可是，我又不敢肯定，这是父亲的雨季呢，还是母亲的雨季。为此，我为母亲也写了一篇不短的文字，标题是《坐在菩提树下听雨》。

都是同一个季节，都是雨季。于是，这个季节就跟我父亲母亲的命运紧紧联系在一起。想到我的父亲母亲，便会想到这个季节；想到这个季节，便会想到我的父亲母亲。

在一场接一场的绵绵细雨中，抽空写下这些文字时，我曾想到过这样一个问题。记得从中学到大学，我从课本上读到过很多篇《我的父亲》或《我的母亲》这样的纪念文章，无一例外，文中所写父亲母亲皆非凡俗之辈，要么轰轰烈烈，要么惊天动地。每次读到这样的文章，我总能潸然泪下，除了感动还是感动。那时，我就想，我可能一辈子都不会写这样的文字，因为自己的父亲母亲太过普通和平凡，没有什么值得写出来让全天下的人去读的。而且，我相信，这个世界上的很多人一定有过和我一样的想法。因为，普通和平凡的人毕竟是人群的主体，能活到轰轰烈烈和惊天动地的人毕竟是少数。所以，即使自己大半生以写作为生，也从未有意留心或铭记过父亲母亲曾经的那些往事——譬如，在那些饥荒的岁月里，他们食不果腹和衣衫褴褛的情景。可是，在为普通平凡的父亲和母亲写下那些文字时，我才意识到，其实，普通和平凡可能更接近生命的本质，也更具有人性的意义。也才发现，其实，你并不曾遗忘任何曾经的往事，所有的记忆都依然鲜亮如初，尤其是有关人生苦难的记忆，几乎所有的细节都不曾遗漏——而正是这些记忆构成了我短暂人生的清晰坐标。

一年四季更替，任何一个雨季在悠悠岁月中不过是一个惯常的季节。不过在我看来，它还是有其特别的地方。按理来说，雪一般只下在冬天，在我所栖居的地方，这是一个非常寒冷的季节。也许正因为季节的寒冷，大凡与雪季或者雪天有关的记忆都很温暖，它常使人想到老家堂屋里的火炉和灶房里的火塘。即使想到寒冷，最后也会在一缕火光中觅得一片温暖。而雨季却不同，青藏高原的雨季到来的时候还是炎炎夏日，雨季过去的时候秋天才刚刚开始。即便有雨，这也是一个温暖的季节。可是，一想到雨天或者雨季，便会有一丝凉意袭上心头，便会有一种近乎乡愁的意绪弥漫浸染开来。尤其是对我这等常年在外漂泊的人来说，更是如此。自打成年以后，我便离开故土，学着城里人的样子在外面生活，可是，骨子里还是一个乡里人，从未以城里人自居。即使户口早已迁至城市的某个街道，即使在城市的某座高楼上有一间属于自己和自己家人的居室。尽管每天下班后别人问起时，自己也常说要回家；尽管从社会管理或行政管辖的层面上说，我与妻子儿女也确实有一个自己的小家庭。可是，打心里说，我从未将那个地方当成真正的家。对我而言，真正意义上的家只能有一个，那就是自己出生的那个地方。那个地方不仅有宅院和房屋，还有田野和炊烟；不仅有庄稼和牲畜，还有童年和乳名；不仅有父亲母亲和兄弟姐妹，还有爷爷奶奶和所有与血缘情缘有关的人和事。当然，还有祖坟和庙堂……我以为，一个远离了这些地域和文化印记的人不可能在另一个地方拥有一个真正的家。这像是一个人如果一旦抹去身上所有的胎记之后，没有了任何可以识别自己身份的特征一样。这种识别系统不同于有关机构查验你的身份证时采取的方法，身份证件只能证明你的名字和相貌特征是否与所看到的你相符，而无法验证那些更加隐秘也更加深刻的生活印记。所以，一个人的身份证件可以伪造，但绝不可能伪造一个活人出来，因为，他有只属于自己一个人的记忆，他有自己苦难人生的经历。所以，虽然在城里、在你有可能栖居的任何一个地方都会下雨，都有雨季，那只是天气而已，你从来都不会将那些雨跟你的人生联系在一起。但是，故乡的雨就不一样了，在那里，每一个雨季都有那个季节所特有的故事和情结。比如，刚刚过去的这个雨季。

这个雨季，我所有的记忆里只有我的父亲和母亲。雨落下来时，母亲病危，一家人整日里守护在母亲身边。后来，我们又在雨中送走了母亲，把她葬在山坡上的祖坟里。从此，这个世界上就没有我的母亲了，可是，老家山坡上却因此多了一座小土丘。这个雨季，因为母亲离去，父亲再次病重，一家人又整日陪伴左右，那雨仿佛一直就下在我们的心里。好像那不是雨，而是我父亲母亲的眼泪。

雨几乎每天都在下，父亲却一句话也不说了，我们能听到的除了猫狗的叫声和鸟鸣的声音之外，好像只有雨声了。一家人就陪着父亲一起听雨，等雨过天晴。大部分时间，雨从上午就开始下了，有时候，午后会停一会儿，有时候会停好几次，而后接着下。只要雨一停，我都愿意到外面走走，那时房前屋后的树叶上都缀满了露珠，一派晶莹剔透的光景。尤其是那几颗松树上的露珠，每一根松针上都有一串一串的露珠，像是用松针穿起来的。有几天小女儿也在老家，她没见过那么多好看的露珠，便拿了一个碗到松树底下收集露水。我对她说，露水那么干净，洗眼睛应该很好，她信以为真，用那些露珠清洗也像两颗露珠一样明亮的眼睛，完了还说，好像还真管用，感觉眼睛真的明亮了许多。孩子的心灵也像一颗露珠。

　　每天早晨，只要雨停了，我就到花园和门前的树下，去看那些蜘蛛网。如果刚下过雨，或者雨停的时间不长，那些蜘蛛网上也缀满了细碎的露珠，使整张网都垂了下来，在晨风里摇曳着。后来，我看到蜘蛛网越来越多了，便拿了一把扫帚去扫。但是，第二天去看时，那些蜘蛛网还在，甚至比前一天还多，雨后的早晨更多。于是，扫蜘蛛网成了我每天早晨必做的一件事。我感到奇怪的是，无论前一天我扫掉多少，第二天那些蜘蛛网还会挂在那里，但是，白天却很少见到蜘蛛。我就想，蜘蛛大概是喜欢夜间活动的一种昆虫，它们可能要忙乎一整夜才能织完那些网，而我只一会儿工夫就把它们给毁了，有点不忍，而且，我也知道蜘蛛是一种益虫。可眼前总有那么多蜘蛛网晃来晃去也不是个事，还是狠下心来扫了的好。尤其是挂在那些花朵和路上的蜘蛛网是一定要扫掉的，要不一不留神就会有一张蜘蛛网蒙到你的脸上，弄半天都弄不掉。不过，我很少会伤到蜘蛛，偶尔在一张网上看到还有蜘蛛在上面，我先会小心地将它移开或赶走，然后再把它辛苦织成的网扫掉。如果看到有大人小孩要伤到一只蜘蛛时，我也会劝阻和制止。除了蜘蛛，那些天我还细心保护和救助过很多这样的小生命。雨后的路面上会爬着很多蚯蚓，它行动迟缓，常有蚯蚓被人踩到。无论死活，我都会小心地移开……一边去扫蜘蛛网，一边救护那些小生命，明知道自己的行为充满了矛盾，却无法调和。我能耐心地帮助一个活生生的小生命逃生，却无法忍受一张崭新的蜘蛛网在眼前挡住视线。人就是这么一个矛盾体。我们穷其一生好像都在织一张自己的网，以为这张网织好了，一切都在这张网里了，也就圆满了。可是，这张网亦如蛛网般脆弱，不知道什么时候被一只无形的手一扫，就什么也没有了。从这个意义上说，人跟一只蝼蚁爬虫没什么区别。这个雨季，不仅是我父亲母亲的雨季，也是那些蝼蚁爬虫的雨季。

除了扫蜘蛛网，雨停的时候，我还会去扫雨。这是我生平第一次扫雨，刚开始是因为院中的水泥地上积了不少雨水，后来是因为第一次扫过之后，院子像是洗过一般干净了许多。之后，每次下完雨，我都会去扫扫雨。之前，我有过在冬天扫雪的经历，却从未体验过扫雨是个什么情景。下过雪之后，大地白茫茫一片，那是真干净。我甚至以为人们之所以扫雪多半是害怕弄脏了那白雪。一片雪地，你扫得再干净，也会留下雪痕，远不如扫雪之前干净。而雨却不同，如果平地里积了一层雨水，就会泛起一些沉渣和污泥来，即使是水泥地也不例外。一片积了雨水的水泥地扫过之后，只留一点潮潮的水影，过一会儿，那水影都干了之后，只有干净了。所以后来，我不仅扫院子里面的雨，也扫门前和水泥小路上的雨。我第一次扫雨时，母亲还在，隔着窗户她听到了扫地的声音，就对妹妹们说，刚下过雨，扫什么呀？妹妹们说我在扫雨，她就没声音了，可能没想明白。过了一会儿可能又想明白了，便说，那你们去扫。几个妹妹就过来抢着要扫，我就说，没什么要扫的，我是扫着玩呢。她们看我一眼，将信将疑的样子，却不再跟我争了。母亲走后，我依然在扫雨，隔着窗户，父亲也听见了扫地的声音，他从窗户里望了望，却什么也没说，更不知道他是怎么想的。

立秋过后，雨突然停了，虽然，后来的几天里也落了几滴雨，偶尔，还有雷声滚过头顶的天空，有几次的雷声还很吓人。有一天下午，雷声响起的时候，一个人正在我家院子里给我讲一件与雷声有关的事。说附近一个村庄有三个去挖虫草的人——其中两人是一对夫妻，坐在一个小山洞里避雨。也不知道为什么，突然，其中一个人从那小山洞里滚了出去，刚滚出山洞不远，雷声响了，已经滚到山坡上的那个人又被震出去好远，而还在山洞里的那一对夫妻却双双被雷给收了——是被雷给收了，他就是这么说的。他说这话时，正有雷声在头顶炸响，便有五雷轰顶的感觉。母亲走后的第一个七天刚满，邻村一个老汉在大雨中不慎滑到水沟里，呛了几口水就没了。逢七来给我母亲诵经的那几个僧人，出了我家的院门，就直奔他们家而去。看来，一个人什么时候来、什么时候离开，都不是他自己能决定得了的事。有人说，死亡是一次历险，觉得很在理。生又何尝不是，一辈子要经历那么多风雨，不都是在历险吗？

但是，那天下午的雷声响过之后，雨却没有下下来。之后的日子里，天越来越晴朗。雨季已经过去，便以为父亲也可以转危为安了。可父亲还保持着听雨的样子，不时地还会抬眼望向天空，像是雨还会下，雨季还会来。就在这个时候，父亲的身体状况急转直下，一天不如一天了……后来，他不但拒绝进食进药，也拒绝去医院就诊，有几天，甚至出现过神志不清的样子。母亲去世第七个七天过后，他突然同意去医院了，但他拒绝去上次住过的那家医院。他就住进了母亲曾经住过的同一家医院。感觉母亲刚刚还在这里，紧接着，父亲又到这里了，父亲好像是专程赶来探望的。虽然，我们没有告诉他这件事，他也不曾问起，但是，我想，他一定是知道的。他的病房与母亲的病房都在同一栋楼上，除了楼层不一样，连病房所在的位置都差不多。前几日，母亲的妹妹、我的姨娘也曾住在这里。再之前，我岳母也曾住在这里，也是不同楼层的同一个位置，最后也是从这里离开的。父亲住进医院的第一天晚上，我站在窗户跟前向外望了望，所看到的街景与从母亲病房窗户里看到的一模一样，高楼、立交桥、街心花园，芸芸众生。所不同的是，外面恰好在下雨，雨中城市的街景让人眼前一片迷乱。随后的几天里，类似的情景不断出现，进出病房或蓦然回首，总会恍惚，会产生错觉，误将躺在病床上的父亲看作母亲，也会想到同样来过这里的别的亲人。不仅在医院，这样的情景在老家时就反复在眼前出现，在家门口，在院中，在屋里，一转身、一回眸间，都会看到母亲的身影。她好像从不曾离开，她无处不在。

　　我想，父亲一定也有这样的感觉，他无法承认母亲已经不在了的现实。其实，他不是不承认，而是无法忍受，无法面对没有母亲的日子。一天，他告诉我，母亲曾对他说，让他在母亲之前离开。他说，他没做到。之后，一行眼泪从消瘦的面颊上滚落。这是我生平第一次看到父亲的眼泪。我用手心小心接住了那一滴眼泪，不忍擦掉，让它留在手心里，慢慢干掉。我没敢问，这是母亲生前说的还是她离开后在梦里说的，也没敢问他有没有答应。我把这事告诉了几个妹妹，她们说多半是在梦里，但我觉得不像。我感觉，他们老早以前就谈论过谁先离开这个世界的事。他们为什么没有告诉我们，多半也是不想让儿女们担心。可是，现在母亲已经提前离开了，如果父亲承诺过，那么，他已经无从兑现。这也许是他一生最后也是最重要的一个承诺，他怎能不兑现？如果他不曾承诺，那么，他们最后又曾达成怎样的妥协？我们不敢问。如果这是一个谜，如果父亲不愿自己说破，那么，最终，谁能帮我们揭开这个谜底呢？没有人。父亲虽然重病在身，但是，我能感觉得到，母亲走后这一段时间，真正要他命的并不是他身体上的病，要命的那个病在他的心里。虽然，雨季已经过去，但是，他心里的那场雨还在继续。他好像一直走在茫茫雨夜里。雨夜望不到尽头。而他径直往前。

从夏到秋，这个雨季，我们不断重复从老家到城里的医院，又从城里的医院回到老家这样的经历。一会儿是母亲，一会儿是父亲，父亲和母亲的面容在雨中重叠交替，像一支变奏曲。而我们，一群儿女和后人一直在一场绵绵细雨中行进，前赴后继，像一支送葬的行列。很多次站在医院高楼的窗前望向远方，望向老家山村时，我望见的真的是一支送葬的行列，他们正迈着沉重的步子缓缓行进。

我看到自己也在队列里，一边往前行进，一边抬头望着远处的山坡，那山坡上就是我们家的祖坟。

我们的祖坟原来在山下，后来那里埋满了，新扎了这个坟。后来，家族里的其他人陆续又从这里分出去好几次，新扎了好几个坟。现在那山坡上的祖坟里所剩的家族支系已经不多，但坟地的大半也已堆满了坟堆。在为母亲守灵的那些天里，每天往返于那山坡时，大部分时间，我都会带一把伞，因为雨随时会下。有时候，走到半道上发现忘带了，就到哪个族人家中要一把伞带上，回来时再还回去。第一次走向那山坡时，雨季刚刚来临，最后一次从那山坡上下来时，雨季已经过去。

雨季刚刚来临的时候，布谷鸟还没有飞走。雨季过去的时候，老布谷鸟已经飞走了。刚孵出来还没有长大的小布谷还在，但是并不叫唤，过不了几天，天就凉了，它们也要飞走，飞到温暖的南方。等下一个春天来临时，又会回到它们出生的这个地方，那个时候，它们就会叫了。不过，还有一种像布谷大小的候鸟还在，其形如布谷，只是头上多了一顶高高的毛冠，斑纹也比布谷鸟多，颈部有环状花斑，全身有带状条纹，色彩艳丽。其实，布谷鸟来后不久它也来了，只是布谷鸟响亮的叫声盖住了它的声音，不大引起人们的注意罢了。布谷鸟的叫声消失了之后，这种当地俗名臭鹁鹁（青海方言，音读 chouboubou）的鸟便会啾啾——啾啾地叫个不停。阴雨天，那叫声更显凄凉。老人们说，它是在喊冷。我觉得，这与它刚刚经历的雨季有关，也跟将要来临的季节有关。等它们的叫声停止的时候，村庄的上空便会响起乌鸦呱——呱的叫声，那是属于秋天的声音，细听，似有无边落木萧萧下，肃杀，悲凉。它提醒人们，雨季已经过去，秋天就要来了。

父亲的病房

　　再次住进医院后，父亲住的是老年科的一间病房，他的病友自然也都是老年人了。病房里有三张床，父亲住进去时，两张床上已经有人了，一个老头，一个老太太，都比我父亲早一天入院。靠窗户的一张床空着，我父亲就来了。老头老太太混住，这可能是医院老年科的一大特色。

　　安顿好父亲之后，我发现三张病床对面的墙上挂着一幅字，写的是："青春常驻"四个大字，用镜框装着，笔力苍劲，书者似乎有意要让人感受到点横撇捺间一挥而就的活力。可是，细看之后，又觉得这样一幅字挂在这样一个病房里，不但没有增添温馨和谐的气氛，反倒多了些讽刺的意味，煞风景。果然，多少天下来，病房里的老人没有一个人往那墙上瞧过一眼。我父亲目不识丁，虽然也肯定知道那是几个字，但并不晓得写的是什么。其他人未必就没看出来，他们一定是有意不让目光在那儿停留罢了。都已垂垂老矣，加之百年多病，能饭否尚且难料，青春又怎能常驻？而且，如果仔细推敲，这四个字堪称屁话，谎言无疑。连曹孟德都慨叹：人生几何，譬如朝露。青春又何以常驻？不过，所有进出病房的人对其似乎都视而不见，几天下来，也就习惯了。

老头住靠墙跟那张床，他比父亲小两岁，是个本地人，家住附近一个县城。在老人眼里，住在什么地方也很重要。一天，我问，你们家在县上什么地方？老人回答说，就在城里。虽然，能听得出来，老人柔和的声音里充满了谦逊，但一丝莫名的优越感依然暴露无遗。老头没有大毛病，感冒，因为大意引发肺炎住进来了。老头由几个孩子轮流照顾，大部分时间是一个儿子和一个姑娘轮流陪伴。老头鹤发童颜，目光如炬，如果不是病中，一定是一个精神矍铄的老人。稍好一点，就往外面溜，看得出来，他在医院多一会儿都不想呆。他说，还是住在家里爽快。

老太太住中间那张床，也没有大毛病，只是老了——腿也老了，动不了。她女儿说，她的每一块肌肉也老了，都结成块了。老太太比我父亲大四岁，听口音像是山东人，即便原先是乡里人，也早已经是城里人了。照顾老太太的除了儿子女儿之外，还有她老伴，和她同岁，都是九九八十一岁。老太太很胖，除了吃饭会坐起来一会儿，其余时间都在床上躺着，不动，也不想动弹。她对住在哪里这样的问题似乎无所谓，快要出院的时候，她问老伴回去后咋办？老头倒是很乐观，还能咋办？我推着你到外面转转。老太太说，我可不想下楼，让人笑话。老头就回她，嗨，谁笑话你呀？谁谁谁已经在床上躺了三四年，谁笑话过？

对任何事，老人们都很敏感，也很要强。那位本地老头的眉毛都白了，我父亲的身体状况尽管远不如他，但一对眉毛却又长又黑。一天，他姑娘向我父亲努了努嘴说，你看那个人眉毛多黑。他听后说，眉毛黑顶啥用？没病比什么都好。从这话你能听出他不喜欢人们谈论眉毛的黑白，因为他的眉毛已经不黑了。看来，在病房里谈论一些事，还不能无所顾忌。但凡涉及同病房的人，要么不说，要么只拣好听的说。隔了一两天，大家都有点熟了，至少面是熟了，我对那老头说，大叔，看上去，你老快好得差不多了，该出院了吧？他听了的确显出高兴的样子，笑呵呵地道，是啊，明天就出了吧！完了也没忘了安慰一句，你们家老汉也好多了吧？这问到了我的痛处，不知咋回答好，只好点点头，再补个笑脸。

不过，比起其他科室的病房，老年病房里也有不顾忌的，比如，老头老太太一起躺在床上尿尿，就像是蹲在自己家的茅坑里一样随意，谁也不避讳谁。谁声音大点，谁咳嗽吐痰都不会有人在意。顶多相互瞄一眼，会心地笑笑而已，谁家送的饭好吃，谁家的床头上堆着好多好吃的，都不会关心，因为，几乎所有的老人胃口都不那么好，他们对吃的已经没有兴趣。即使天天啃干粮、吃快餐也不会有人在意。三个老人里，那个住在县城的老头胃口最好，有时候，他坐在床上，一会儿工夫就能吞下一张大饼子。吃前，还给大家让让，说自己家里烙的，好吃。虽然，油浸浸地看着诱人，但毕竟萍水相逢，都还保持着一点矜持，谁都口是心非地说，不吃或吃不下。也许在说这话时大家还都咽了一次口水也说不定。那老太太次之，她说没胃口，什么也不想吃，吃什么也吃不出味儿来，这话可能是真的，因为她把一口食物从送入口中到咽到胃里，那过程太过缓慢。但看她的食量还是蛮可观的。每顿饭怎么的也会吃进去一小碗饭，还有菜和汤，对一个八十岁的老人来说，已经相当不错了。可想而知，她老人家在胃口好的时候是个啥样子，难怪她那么胖。我父亲排最后，每天只下几勺汤食。每到吃饭的时候，我们家的几个小伙子就以他们的狼吞虎咽来掩盖父亲的难以下咽。看着他们吃饭时，我发现，父亲的脸上确实有一种很满足的样子，像是他们几个吃饱了，他就能打出饱嗝儿来。

凡此种种，与其他两位病友相比，我父亲似乎没有任何优越性可言，病最重，身体最弱，还极度贫血，而且是个典型的乡里人，所以，他老人家一言不发的秉性在病房里发挥到了极致。自打住进医院，十几天下来，他没说过一句话，甚至没出过一点声音，甚至连眼睛也懒得睁一下。不过，有一点可能会令我父亲感到骄傲。即使照顾得再好的老人身边也常有青黄不接的时候，也有忙不过来、一两个人硬撑着的时候。可是，他老人家的儿孙们才出动了一小半儿，已经呈簇拥状了。有时洗个脚，竟有三四个人围着他的两只脚忙乎。脚盆就放在床上，洗完了，不会有一滴水溅到床上，而他连看都不看你一眼。到了晚上守夜的时候，四五个壮小伙像保镖一样排着队争着伺候，好像是谁被允许留下伺候他老人家是无上的荣耀。这等情景在当下是不多见的，以后肯定会越来越少见，等我们老了的时候，恐怕就很难见到了。诸如空巢留守之类的事听多了，很多时候，我都感到，一个老农能活到我父亲这个份儿上是一件幸福的事。可是,他幸福吗?至少从他的脸上我们没看到过"幸福的表情"。

父亲住进医院第十天的时候,靠墙跟住的那个本地老头出院了。很快又住进来一个更老的老头,头发胡须全白了,是老伴陪着来的。老两口都是四川人,老头八十九岁,老伴八十一岁。老两口都犟,一进来就开始拌嘴,声音还很响。老太太说,她老伴耳背,声音不大,他听不见——后来我们发现,她自己也耳背。她跟别人说话时,总是"牛头不对马嘴"。她的电话铃声像高音喇叭,她还总是听不到。她就把电话拿给我家那几个小伙子把声音调大点,说声音太小了,她听不见。他们几个摆弄了几下后说,已经是最大了,没法调得更大,然后转过身来告诉我,是真的。虽然听不见,但她喜欢说话,一进来就说个没完,什么家住哪里,女儿在哪里工作,都认识些什么人,只一会儿工夫,全病房的人对她家的情况就已经相当了解了。据说,十一年前,老头摔断了一条腿,从此留下病根,偶有发作。我看到他右腿上有溃烂的伤口。隔一会儿,老太太就会往伤口上喷一次药。老头很烦,说别一会儿喷一次,没用。老太太抢白道,不是两个小时喷一次嘛。老头就让她看时间,她挽起袖筒看了一眼手表说,噢,还没到时间,才十分钟。老头几乎听不见人说话的声音,要跟他说话必须俯在他右耳跟前高声喊叫才行。显然,老太太说了些什么,他一句也没有听清。不过他还是很烦,他一边摸他的腿,一边大声骂道,就你屁话多。后来,我们还从老太太口中得知,这白发老翁还上过朝鲜战场,一场战役中被俘,后来中美两国交换战俘才得以回到祖国的怀抱,不禁肃然。老太太说,这是一个污点。

可我想，自古胜败乃兵家常事，两国交战，哪有不折一兵一卒之理，何况，那场战役中我军最终还是帮助朝鲜将美国鬼子赶出了三八线，雄赳赳气昂昂地凯旋。

因为前列腺也有毛病，老头尿多，可他老伴不知道他什么时候尿，每过一会儿就喊着问，你尿不尿？老头可能没听见，不吱声。老太太刚要转身，老头却喊道，拿盆来，他要尿。盆拿来了，他下了床，就站在床跟前尿开了。可能滴了几滴，无声。他抖动了几下又躺下了。过了一会儿，他又要尿，这次他从病床的这一侧下来了，我以为他会去卫生间，可是没有，一下床，他正对着我们就尿开了。说起尿尿，中间床上的老太太也有一说。每隔一会儿，她都要问几点了。一开始，我们还不大明白这老太太为什么那么关心时间，可是，后来我们发现，她问时间是想知道自己是不是该尿尿了。她不是尿憋了才尿，而是要看时间的。每次问完时间,她要么说，要尿尿，要么说，那还得等一会儿。她一个女儿竟然能说出，她一天尿几次，几点尿的事。

这点，我父亲是比不了的。他老人家从来不说他要尿尿之类的事——在他看来，这种事，在家里不能说，在大庭广众之下更是不能说的，必须保持应有的矜持和含蓄——实在憋不住了，顶多也是使个眼色。这对他的儿孙们来说，是一个极大的考验，生怕他老人家憋坏了，每隔一会儿就得问一声，尿不尿或上不上厕所？对此他很不习惯。每次问他尿不尿的时候，他一脸愠怒，像是在责问，为什么你们都那么关心尿尿的事呢？无奈，我们只好说，好好好，那等一会儿啊。他脸色更难看了，像是在说，真是的，尿个尿有什么好等的？末了，也显得很无奈。如果是往常，他一定是哭笑不得的样子。一定会在心里骂，我怎么会有你们这样一群没出息的后人，整天没事，等人家尿尿。

与其他病区的病房相比，老年病房还有一点不一样的是，住在这里的病人一般都会毫不避讳地谈论死亡，说死亡的艰难和不容易，甚至会谈到种种不同的死亡。一天下午，那个四川老太太对他老伴大声质问，你以为死就那么容易？那一口气不是那么好咽的。谁谁谁咽那一口气整整用了十年，眼看着要死了，可那口气就是断不了……之后，又举好几个人生案例来证明她说的是事实，言之凿凿。从她说的那些死亡的情形，我感觉，一个人刚生下来时，眼前所展现的全是生的希望、活的理由，随着一天天长大成人，这些希望和理由也会不断叠加。之后，这些希望和理由慢慢地会变成一种负担，压在他的肩上。从此，希望一天天变少，而那些活着的理由则会逐一变成责任、义务和负担，日益沉重，直到把他压垮，直到他什么也做不了，而后变成别人的负担。于是，他开始从心里一个一个地抹掉那些活着的希望和理由，直到一个都不剩的时候，才会死去——因为这时，他已经没有活着的必要了。无论父母还是孩子，我们有必要时刻记住的是：有一天，所有的老人都曾做过孩子；有一天，所有的孩子也都会变成老人。一个老人从一个孩子身上看到的就是他的过去；一个孩子从一个老人身上看到的就是他的未来。这一点永远不会改变，所以，对任何一个人来说，最理想的生活方式——

我想应该是，既要善待过去，也要善待未来——这句话反过来说也一样。

大约第十二天的时候，中间床上的老太太也出院了。一家人都早早地到医院里迎接她回家，护士们也换上了干净的被套和床单，好迎接下一位病人。可她说，这么早回去干吗，她还要睡一觉，就躺下了。儿女们一脸无奈，不停地进进出出，或在楼道里转圈，干等。她硬是躺到快中午的时候才起来，走出病房之前，她还问老伴，回去之后咋办？儿孙们个个面面相觑，心照不宣的样子，看得出来，他们是明白老太太心思的，不愿说破而已。她走了之后，那一整天里我都在想，老太太回去之后会怎么样？虽然，此事与我无关，可是，我总不由得想起老太太的那句话。

老太太出院后的第二天早上，中间床上又住进来一位老太太，不胖也不瘦，也是满头白发，看样子也有八十岁上下了，也是她老伴陪着来的。她住进来时，我父亲也准备出院了，我们几个不断地去找医生，在病房里待的时间少，很少听到她说话。整个早上，我只听见她说了一句话，但是声音很小，说了什么听得不是很清楚，好像是在埋怨她都躺了好一阵子了，还不来给她打针。后来，我们才发现，老太太还是很健谈，也很开朗。从她的谈话中，我们得知，他们两个都是东北人，国家支援三线建设时，随厂迁至此地。老太太今年整八十，老伴比她大三岁，但老伴身体好，看上去要比她年轻许多。他们的大部分亲人都在东北，但孩子们都在西宁，都忙。我不知道，还有什么事比陪年迈的父母上医院更重要的。便在心里说，别着急，老人家，打针先得配好药，那是迟早的事，不用担心的。也许真正让你担心的还不是什么时候打针的事，而是别的。只是，你也不想说破。可是，谁愿意将自己的担心全部说破呢？人生有很多事，只可以看破、识破，但不可以说破。那一层纸包裹着人的虚伪甚至尊严。

我们也有担心，也不愿说破。与三年前一样，医院再次告知我们，对父亲的病他们已经无能为力，言外之意是劝我们早早回家。在决定出院之前，我在楼道里轮番跟妹妹和侄子、外甥们讲，回家之后，不准向任何人谈论父亲的真实病情，然后另图他法，希望还能有一丝转机的余地——上次回家之后，不是又好转了吗？我们都知道，这层纸里面包的是火，其用意主要是不想让父亲知道自己的病情，只有这样，他才有可能不会彻底放弃自己。只要他不放弃，我们才能心存希望。而只要希望还在，我们才能护送他回家。要不，父亲还能回家吗？不过，他肯定不会像那老太太一样问，回去之后咋办？不到最后一刻，我们忌讳说回去。我们只说回家。

家有猫狗

　　我们家以前养过很多牲畜，牛羊驴骡猪兔狗猫鸡鸭鸽子一应俱全。连牦牛也养过一群的，为了这群牦牛，父亲还在大山后面的一道山梁上盖了两间小土房，有时候会住在那里，看护牦牛。小土房周围山坡上植物繁茂，每至初夏，漫山遍野到处都开满了杜鹃花。不知道那是坐圈的地方的人，一定会以为有高人在此隐居过。鼎盛时，家中一派六畜兴旺的景象。所有家禽家畜什么都养的，唯独没养过马——对我来说，这是一大遗憾。从小到大，我一直渴望拥有一匹属于自己的骏马，最好是一匹白马，能骑着它在山坡上转悠。如果没有白马，一匹黑马或枣红马也是可以接受的。后来，有机会不断在大草原深处行走，间或也会骑马远行。骑在马背上晃悠时，这样一种渴望越发强烈，直到现在也没有消失。不过，可以肯定地说，我这个愿望以后再也没有实现的机会了，不禁黯然。别说有马，现在，家里几乎什么牲畜都不剩了。

　　自打三年前父亲病重之后，我就开始处理家里的牲畜——那个时候，也就剩一群羊了，那都是我父亲的宝贝。夏天，他赶着去牧放；冬天，他要在家里饲养。只要看到它们还在跟前咩咩咩地叫唤着，他就高兴。他老人家偶尔到城里住上几天的时候，最惦记的就是他的羊了，每天都是心急火燎的样子，因为，在城里他听不到羊的叫唤。考虑到父亲如果一下子一点儿也听不到羊儿的叫声会受不了，我没有一下子全部处理掉，先弄走了大部分，而后又弄走了一小部分，再往后是一只两只地自我"消化"。最后，只留下了一只，供他老人家饱耳福。母亲病重期间，我把最后一只羊也给处理掉了。目的是，我要把拴在门前的狗挪到羊圈里，因为，每天夜里，有事没事，只要村庄里稍有风吹草动，它都会狂吠不止。那样，本来就睡不好的母亲更无法入睡了。而羊圈离得比较远，虽然狗叫声还会听到，但不会像原先那么刺耳烦人。

之后，除了这条狗，家中就剩两只猫了。随着父亲的病情一天天加重，迟早有一天，这一条狗和两只猫，也注定是要离开这个家的。假如有一天父亲不在了，我就得回到城里去安心工作，妹妹们也得回到自己的家中去为生计忙碌，其他人也一样。

狗，之所以还留在家中，是因为不好处理掉。按照当地藏人的习俗，狗既不能买卖也不能随便送人，更不能烹而食之。不得已，非要送人，也要选个好人家才行，像嫁姑娘，是一件很隆重的事。那是一条普通的藏狗——不是藏獒，个头不大也不小，这还是其次，更糟糕的是，这是一条笨狗，一点也不灵敏。我们家以前也养过好几条狗，其中有两条，只要是家里人，即便是很久不见，只要你弄出点动静来，哪怕是轻轻的脚步声和一点点气味儿，它都能在大老远就会发出哼哼唧唧的声音，做出一副热烈欢迎的姿态。可这条狗不是，你即使跟它朝夕相处，只要你是从家门外往里走而不大声地跟它打声招呼，它就不乐意，它就会像见了仇敌一样狂吠不止。它是多年前弟弟从玉树带回来的，它要是还在玉树，一定早就沦落到流浪狗的行列了。草原上到处都能看到无家可归的流浪狗，草原牧人会善待它们，大草原也为它们提供了广阔的生存空间。以前的青海农村偶尔也能见着流浪狗的身影，一般都是在饥荒的年代，后来就见不着了——很显然，那与人和狗都无关，而与年代有关。

别说是当下，即使在以前，也不会有人愿意养这样的一条狗。而今世道变了，你要给这样一条狗选个善良人家送出去，难。当然，找个恶人一定非常容易，即使在忌食狗肉的我老家一带，据说现在偷吃狗肉的也大有人在。只要养肥了招呼一声，定会一呼百应。可这事能做吗？所以，在没有找到一个万全之策之前，我还得伺候着——说不定得一直伺候着，直到它终老。为此，我甚至想象过，要是能有一个动物养老机构就好了，那样，我就可以把这狗和猫统统送到那里去养老，让它们与别的狗和猫一起快乐地度过余生。可目前这只是想象而已。终了，最可行的办法可能是，我把它们都寄养在别人家里，作为监护人，我可能要支付一定的费用，由别人来代养，以确保无生存之虞，直到它们生命的最后。

以前，乡村里但凡养狗的人家，都是为了让其看家护院，多属猛犬。而时下的村庄里已经很少养这种狗了，乡里人也开始学着城里人的样子把狗纯粹当宠物养了，满巷道溜达着的全是跟猫一样大的小犬种，已经失去了看家护院的功能，顶多会起到一个类似于门铃的作用。回想起来，豢养宠物狗之风在中国城市的盛行也就是近一二十年的事情，近几年尤甚。虽然，我从未在城里养过任何宠物，但曾去逛过狗市，发现城里人最早养的大多也是袖珍型的小狗，有的比猫还小，后来，城里人养的狗越来越大，也越来越凶猛了。我住在城里的小区，有一户竟养着五六条猛犬，清一色全是德国狼狗。主人每次出来遛狗都是一派奔腾呼啸，那阵势会让你产生自己是否正置身纳粹集中营的错觉和疑问。楼下楼上也都养了一条猛犬，害得邻居们每次进出家门之前总要先侦查一番楼道里有没有狗，有老人小孩的人家更是担惊受怕——尽管那是自己的家门，但随时被两条猛犬觊觎着。每天清晨和傍晚，你再到城里的街心花园里看看，但凡有个去处，都有狗在上蹿下跳，每条狗都有人在陪伴，都有人围着转。再听听狗主人们对狗亲昵的称呼，你更会大惊失色，那分明是在呼唤自己的至亲，便禁不住要问，什么时候人与犬类有了这么亲近的血缘和亲缘关系（如果追溯到几十亿年以前的话，我们可能会发现，所有地球生物的祖先原来都是一样的）？当下社会有一种现象很值得深思和警觉，凡是曾经在城市里流行过的东西，无论它有多么糟糕，迟早有一天也总会出现在乡村里，并成为流行的风尚。宠物狗也不例外。好在，我们家的这条狗除了吃的可能也比它的前辈们好很多之外，它依然还是一条狗。一家人对它之所以善待有加，只是因为它也是一条生命。在这一点上，我们确实和它一样。

　　与狗相比，那两只猫的去留问题则简单多了。一来，我老早就发现，乡村里原本就有无家可归的流浪猫和野猫，一只猫离开了养它的主人，生存不成问题。我老家一带至少目前还没听说有人吃猫的事——这也许是它最主要的一个生存环境。二来，养猫原本就是为了让它捉老鼠的，只要老鼠还在地球上，它可以没有主人——当然，如果有一天地球上没有了老鼠，那么，它们怎么生存却一定会成为一个问题，因为，真到了那一天，还有没有人愿意把猫纯粹当宠物养着也会成为一个问题——而即使有那么一天，那也肯定是很久以后的事了，我们家的这两只猫再长寿也活不到那一天。据说，猫的平均寿命大约在十四年左右，照此推算，我们家的那只老花猫已经到了耄耋之年。那只黑猫倒是正值青春年少，它的一些举动告诉你，它的脑海中充满了天真烂漫的幻想，具有唯美的理想主义色彩，但也绝活不到老鼠灭绝的那一天。况且，它年轻力壮，本领高强，即使找不到一只老鼠，它也绝不会被活活饿死。

这一段时间，我曾留意过它的动向，就我所看到的情况，除了家里喂的猫食，它先后还曾收获过三只鸟、两只硕大的飞虫、三只老鼠。猫捉老鼠天经地义，那是弱肉强食自然法则的经典演绎。在所有小型脊椎动物中，我只对老鼠做过相对持久的观察，从草原鼠兔、鼢鼠或土拨鼠这等体型硕大的鼠类到一些小体型的老鼠，种类也算繁多，除了一种体形非常小的老鼠之外，大多称得上足智多谋。《猫和老鼠》中的许多情节并非子虚乌有，至少很多细节具有真实性。但是，如果你仔细观察过猫捉老鼠的情景——哪怕只有一次，你也会更加坚信这样一个事实永远不会被改变：只要猫乐意，它随时都可以去消灭掉一只老鼠，而老鼠无论多么想消灭掉一只猫，那也是痴心妄想。从我们家那只黑猫现场表演的情形看，整个过程几乎看不到任何搏击的场景，甚至没有一点打斗的场面，所能看到的只是玩弄生命于股掌之上的高超技巧。只见那鼠辈战战兢兢地蹲在那里，连气都不敢喘，而猫却蹲在那里，悠闲地舔着自己的爪子，一副镇定自若的样子。它甚至不会正眼瞧着老鼠，而是斜着一只眼，让那只眼的余光罩定了老鼠，而后耐心地等待着，一副料定了你变不出什么新花样来的架势。老鼠一定以为猫一时想起了什么往事，走神了，便开溜。猫却并不着急，那副看你能跑多远的德性，甚至会让你对老鼠生出些莫可名状的怜悯。直到快看不见了，猫才不慌不忙地跟了过去，慢腾腾地伸出一只前爪，将其打翻在地，张开嘴，轻轻叼起老鼠，转身回来，还放回到刚才的那个地方……如此这般，周而复始，直到老鼠吓得动弹不了，吓死了，猫还意犹未尽，拨拉着老鼠。看那样子，它像是在说，你怎么这么不经玩儿，这么快就死了，不好玩儿，还是吃了算了。这时，它才会狠狠地咬上去……

　　它逮住鸟和飞虫的事却不是一件容易做到的事，至少在我看来是这样，因为，它们有翅膀，会飞。它逮住三只鸟的时候，有两次，我看到的时候，鸟已经在它的嘴里叼着，没能看到它捕鸟的过程。一次，我是看到了的，那应该是一只刚孵出来不久的小布谷鸟。我看见，它正蹲在一个地方耐心地猫着，我还以为它发现了一只老鼠，静观其变。不一会儿，它噌一下跳了上去。这时，我听到的却是鸟儿的叫声。正要过去施救，可是为时已晚，它已经叼着小布谷鸟飞奔而去。它逮住那两只飞虫的时候，是在一天夜里，可能是因为白天刚下过雨的缘故，院子里的飞虫一下多了起来。其中有一种飞虫体形硕大，飞动的时候，不仅会发出嗡嗡的轰鸣，还会不停地嘶嘶鸣叫。与一些飞蛾一样，它也喜欢光明，专往有灯光的地方飞扑，锲而不舍。夏天房门上的帘子透着光，它就盲目地往门帘上扑来，被门帘挡住后，也不知道及时离开，还死死地抓住帘子不放。这一幕正好被那只黑猫瞧个正着，只见它纵身飞起，一下就将其俘获。接着便听到了它咀嚼时发出的清脆声响。

还有一次，我看到它正蹲伏在门前的菜地里，专注地盯着前面的树枝，像是要发生什么事，便驻足观察。我看到了树上的鸟儿，从它们不慌不乱的叫声里，能觉得出来，它们还没有觉察到这只猫的存在，或者也已觉察，只是根本没把它放在眼里也未可知。过了一会儿，那黑猫紧贴着地面，小心地向前挪动了几步，又停了下来，做潜伏状，并显示出足够的沉着和耐心。它的一招一式中透着所有猫科动物身上都有的那种机智和敏捷，一副胸有成竹的样子，好像一切都在它的掌控之中。这时，但见它腾空一跃，落在了一根粗壮的树枝上，而那树枝竟看不出一点儿轻微的晃动，可见其轻功了得。但是，对这不易觉察的轻微晃动，那些鸟儿显然是觉察到了的。毕竟，树枝是属于鸟儿的世界，在这个世界里，它们才是真正的主人和玩家，而非猫。猫虽然能上得了树，但它却没有翅膀，不可能像鸟儿一样在茂密的枝叶间自由地跳跃和飞窜，这是它在树枝上行走的一大缺陷。即便是一种很灵巧的生灵，一旦离开了它所能掌控的那个领地，就会显出它的笨拙和无奈，猫也一样。所以，觉察到那只黑猫已经在树枝上的那些鸟儿们并未显出丝毫的惊慌，它们只是轻轻闪了一下小翅膀，从原来的树枝上跳到了更高也更细一些的树枝上，依旧欢快地鸣叫着，像是在嘲笑。猫继续停在那树枝上，蹲伏着，但是，能看得出来，它已经没有了在地面上的那种沉着与从容。果然，没坚持多久，它就从那树枝上退了下来。像是自嘲一样，在树底下的草地上无所适从地伸了个懒腰，之后，便悻悻地离开了。

每一种生命，都有属于它自己的领地，一旦越过了那边境，它即便有再高强的生存本领，也没有用武之地。这是生命本身的局限，如果没有了这种局限，生命的秩序就会大乱。鸟在树上，猫在地上，这是一个永恒的前定，不可逾越。不过，见识了那只黑猫的这些所作所为，我对它的生存能力更是一点也不担心了。虽然，它在那天下午对树枝上那群鸟儿发起的突袭失利，但这丝毫不会影响到它的攻击性，恰恰相反，这进一步证明了它是一只具有生命想象力的黑猫。而况，它还真的逮住过鸟儿，而且，肯定不止是一两次，说明那也不纯粹是侥幸，定有它自己出奇制胜的战术和策略。

那只老花猫是在自己家里长大的，它之前，家里还有一只老花猫，长得跟这只一模一样，那是它的母亲。它还是一只小花猫的时候，它母亲还在，直到它长大后，过了好几年那老花猫才老死了，我母亲找了个干净地方给埋葬了。之后，好几年里，我们家只有这一只猫。这是一只好吃懒做的猫，虽然，家里有人也看见它逮住过老鼠，但我从未见到过。据我母亲讲，有一次，她看见一只老鼠大摇大摆地从它眼皮底下经过，它都懒得看一眼，或者视而不见，反正，它料定一只老鼠奈何它不得。那只老鼠还以为这是一只死猫或是病猫，竟然歪过头去冲着它龇牙咧嘴，它依然不为所动，也可能是不屑一顾。自此，我们对它的实用功能之丧失殆尽也已了然，可那又怎么样？闲养着呗。直到有一天，一只小黑猫突然走进我们家之后，这种一只猫独尊家中的格局才被打破。小黑猫到我们家的时候，身体很瘦弱，猫瘦毛长，一看就知道是一只没主的猫。像个没妈的孩子，看着可怜，母亲就收留了它，与家中的花猫一般对待，甚至给予格外的关照。它也很乐于接受这个现实，便死心塌地地待了下来，不离不弃，从无二心。随着它一天天长大，一家人对它的喜爱也在一天天增长，尤其是母亲。每每看到它有出色的表现，逮住一只老鼠的时候，母亲更是欣喜得很。

事实证明，这是一只称职的猫。自从狗被关到羊圈里之后，这只猫甚至还肩负起了看家护院的职责——当然，是偶尔为之，因为，这在它纯属顶岗，不是自己职责范围内的事。这样的事我只看见过一两次。我们家的隔壁邻居都是自己家族的人，虽然分开住，其实也跟家里人一样。上下院哪个家的狗啊猫啊的也跟人一样，可以自由进出其他的家门，我们家更是如此，这多半是因为母亲的纵容。对此，那黑猫也已习以为常，见怪不怪了。只是在有些时候——也许是心血来潮，也许是在开玩笑——它会对擅自闯入者提出一些象征性的警告。一天傍晚，我看见它把堂弟家的一条小狗堵在门口，寸步不让，直到那小狗转身离去。又一天中午，另一个堂弟家的小狗进了院子之后，没有一点犹豫，埋头直奔我家厨房。它看不惯，拦截于厨房门前的台阶上，在小狗还来不及做出反应的时候，一爪子就把它打趴下了。小狗见状，连滚带爬逃出了院门，跑很远了，才想起来要停下，虚张声势地吠叫起来。

　　这些都是这只黑猫的可爱之处，而它的可爱之处还不止这些。有时候，它会在花园里追逐那些蝴蝶，跳跃腾挪，上演了一幕幕令人捧腹的猫蝶游戏。有时候，它也会独自玩耍嬉闹，自娱自乐，一会儿躺在地上打滚儿，一会儿又爬到树上和墙头上纵身飞跃，好像力气多得没地方使了。还有的时候——一般都是在阳光温暖的午后，它会在院子里随意地做些动作，伸展一下腰身和腿脚，像是一个武林高手，在施展拳脚。它还是一只会撒娇的猫，母亲还在的时候，它如果没逮到老鼠或者其他活物，却嘴馋了，便会跑到母亲的脚边转着圈叫唤着磨蹭，母亲就会给它点猫食。母亲走后，它依然用这种办法讨别人的欢心，我们当然也就学着母亲的样子给它一些吃的。吃完了，它显出心满意足的样子，找个地方卧下来，打瞌睡——它好像有很多瞌睡，随时随地都能睡着，都能听到它的呼噜声。

　　那时，我们就会想起母亲。母亲不仅收留过这只黑猫，也善待过许多走投无路之后进到家门的小动物，其中有猫，有狗，甚至有鸟儿和鸽子。有一年，一只受伤的鸽子在母亲的厨房里住了很长一段时间，直到伤好之后，才飞走的。母亲走后，依然有许多小动物不断光顾我家的小院，我感觉，其中有一些是专门来看我母亲的。比如，有一天，一群鸽子飞来，久久地在院子上空盘旋，其中有一只可能就是几年前曾在母亲厨房里疗伤的那一只鸽子。于是，我站在那里，久久地注视着它们，直到它们飞远。

每个人都只有一次死亡的机会

一早起来，妹妹就给我说，快天亮的时候，她睡着了一会儿，梦见了母亲，确切地说，梦见了她的声音。因为，她只听到了母亲的声音，而并未看到母亲。母亲在她耳边说，让我们小心看护父亲，说父亲的性子太烈，像她的父亲，可能会骂你们，千万不要生气。还说她父亲最后火化的时候,他其实早已经离开了。有人看见，那个时候，他正趴在泉里喝水，可能渴坏了。

母亲离开之后，家里有不少人梦见过，都没说什么话。我也梦到过，只有一小会儿，也是一句话没说，我就醒了。我还曾想，也许她已经忘了这个世界的语言。据说一个人死后，一过了奈何桥，曾经的一切都会忘记。她怎么会想起来托梦给妹妹说她父亲的事呢？母亲年轻的时候，我外公就去世了，据说是得疯病死的。那是个兵荒马乱的年代，每个人都自顾不暇，害怕他在病情发作时走失或发生意外，家族里的人用一根铁链把他锁在家里，死的时候还用铁链锁着。妹妹说，她在梦里隐约看到一个披头散发的人正俯身一汪泉水的情景。

昨夜，父亲的病再次剧烈发作，一整夜都是在痛苦的挣扎和煎熬中度过的。一个妹妹、两个侄子、一个外甥和我也几乎一夜没合眼。妹妹迷糊了一会儿，竟做了这样一个梦，我们都觉得蹊跷。母亲究竟想告诉我们些什么呢？她没说明白，我们也不得而知。

　　做梦原本是一件再正常不过的事，要是以往没人会在意你做过一个什么梦，哪怕它很离奇。可是自打母亲走后，一家人突然特别在意起来了，尤其是与母亲有关的梦。只要一听到说谁梦见了母亲，自觉不自觉地都会凑到跟前想听个究竟。仿佛通过梦，我们便能知道母亲的近况一样。阴阳相隔，梦像是搭在两界之间的一座桥，成了我们与母亲取得联系的唯一通道。它穿越时空，一头在黑夜，一头在白天。黑夜连接着未知的世界，而白天却通往我们生活的尘世。

　　因为，每个日子都分白天和黑夜，这样的事几乎每天都会发生，有时候，梦里发生的事比白天经历的事还要多。而梦中发生的事很多与亡者有关，从很久以前一直到眼下，所有的亡者都有可能出现在你的梦里。仔细一想，才发现，亡者的队列是那么的庞大，甚至比今天活在世上的人数还要众多。当然，他们不会排着队出现在你的梦里——否则，你数都数不过来，也不会以亡故时间的先后次序出现，更不会以血缘亲缘的远近和辈分大小依次出现。他们总是零零散散地，甚至错综复杂地交替出现在你的梦里，让你理不出头绪，也分不清远近。即使一个你从未见过的人，也完全有可能大摇大摆地走进你的梦里。譬如我外公，母亲也只是模糊地记得，可他依然能出现在妹妹的梦里。

人多梦杂，说梦解梦就成了我们每天必做的一个功课，每天的某一时刻，我们总会说到梦。说完了，还是各忙各的，并未把梦中的事放在心上。因为，我们还有一项更重要的功课：照顾病中的父亲。虽然，母亲已经不在了，但日子还得继续过下去。直到父亲再次从医院回到家之后，因为他老人家的亲自参与，才将一家人说梦解梦的事儿推向了一个高潮。

白露过后，我们再次护送父亲回到老家。回家的那天下了些雨。到家的时候发现，老家也刚下过雨，地上湿漉漉的。因为，天气转凉，云雾深处的山顶上似有落雪，门前的水泥地上还落了几片枯黄的树叶，花园里的大部分花都已经谢了，花瓣落了一地。而树上的叶子还绿着，花园里的大丽花和菊花还开着，甚至有一朵玫瑰还在打花骨朵，看样子，要等到冬天快来时它才开。

我听妹妹们说，回到老家的那天晚上，父亲一反常态也加入到说梦的行列，说了好几个梦。父亲寡言，能有兴致说自己的梦实属难得，便问，都说了些什么。妹妹们告诉我，他说了三个梦，第一个梦是二十几年以前的旧梦，事关他父亲我爷爷。他梦见我爷爷去世之后，又回来了。梦醒时分，我一个侄子刚好出生，他断定那就是我爷爷。第二个梦里是我一个堂叔，说他去世多年后再次投胎时，也以孙子的身子出现在自己家里。第三个梦里才有我母亲，依照前例，我们猜想，过不了多久，母亲也会重新回到人间，回到我们身边——可是，没有。他说，母亲已经往生极乐，不再于六道中轮回。听罢，既喜又悲。喜的是母亲终于脱离苦海，悲的是我们之间的尘缘已了，想再做一回她的孩子都做不成了。

　　不知道，几个妹妹怎么看这些梦，她们没说，我也没问。不过，在我心里确实引起了一次不小的波澜。使我感觉，一段时间以来，自己一直处在两界之间，一边是阴界，一边是阳界；一边是生，一边是死。先是送别母亲，后又父亲病危，仿佛生死时刻都在一线之间悬着。母亲最后的那些日子里，有时，她像是处在一个万丈深渊的边缘，稍不留神，一抬脚可能就不见了。有时，又像是正置身一个幽深黑暗的门口，门里面关着无边的黑暗。门已经打开了一条缝，她一个劲不由自主地要往里走，仿佛有一只看不见的大手正使劲地往里紧紧拽着不放。很多时候，感觉她的一只脚已经迈进那门里面了，甚至半个身子都进去了。一次又一次，几乎每时每刻，母亲都面临着这种危险，我们又硬生生地一次次把她拉回来。最后，我们所有的气力都耗尽了，一点都拉不动了，拉不回来了，她便一下从那门缝里消失不见了。现在，又轮到父亲了。曾经的一切开始再次重演，像情景再现，除了时间，所有的场景、地点、人物、声响、气氛都没有丝毫改变。

　　这是一出每个人一生中最终都要上演的人间悲剧，无一例外。现在，母亲已经退到幕后，父亲已经登场。我们既不是冷眼的旁观者，也不是左右剧情的重要角色，而是身兼数职的剧务和小丑，一会儿忙着搬东西，一会儿又要戴上面具跑龙套，最后还要帮着拉上幕布。这样的时候，我们总会想起，曾经在这舞台上出现过而后又逐一退出舞台的那些人物，他们像走马灯一样浮现在眼前。这一幕不断重现，像是不停地谢幕。每一场戏落幕之后，曾经在舞台上出现过的角色会再次走上台来，收获鲜花和眼泪，也许还会有掌声。你没有鼓掌或没有听到，并不一定就没有鼓掌的人，掌声总是在恰到好处的时候响起来。

听到掌声的召唤，所有已经离开我们的那些亡者，都会从我们沉睡的记忆里复活，好像他们从未真正远离过我们。他们会不时地回来，在曾经生活过的地方转悠。很多时候，他们依然在影响着我们的生活，依然是我们人生经历和记忆的重要组成部分。我曾说过，正是这些记忆构成了我们的历史。戴维·麦克卡罗说，历史告诉我们来自何处，将走向何方。闲来无事时，我喜欢读历史，感觉一个人亲身经历的这些历史甚至比书本上读来的历史更具有说服力。对一个人来说，历史就像是身后的影子，影子的长短要看阳光照射的角度，角度越大投影也越长，而角度的大小恰好就是你人生视野的宽广度。一面是阴暗，一面是光明；一边是阴，一边是阳。身后是过去的历史，前面是未来的历史——即使再久远的未来，终归都要成为历史的。人也一样。

人的可悲之处在于，一生之中，总有一天，我们每一个人都会在生死之间无为地挣扎，经受生与死的严峻考验。我们甚至无法对生死做出自己的抉择，既不能生，也不能死。眼见了父亲、母亲饱受病痛折磨的残酷现实，感觉死神仿佛一直就在我们身边，须臾不曾远离。"从长远来看，我们都已经死了"（凯恩斯语）——或者说，从长远看，我们都会死，没有人能逃脱这个铁律。按说，既然所有人都知道这一天迟早会来临，本该早早做好充分的准备。但是，当真正面对死亡的时候，还是发现，我们为此所做的准备远远不够。死亡总是在你毫无防备的时候来到你身边，之前没有丝毫征兆。没有预约，也没有提醒，它就突然来了。而且，总是来得不是时候，看似最不该来的时候，它则会意外地出现。所以，每个离开的人都显得很匆忙，很仓促，很狼狈，也很不堪。死，在很多时候是一件非常容易的事，在更多的时候却是一件非常艰难的事。在我父亲看来，死亡一定是一件非常艰难的事。他问过一个很深刻的问题：到底有没有死亡这样的事？之后，又多次追问同一个问题。能感受得到，至少在有些时候，他很想死去，可就是死不了。

面对死亡时，很少有人从容不迫，很多人甚至来不及说一句话就走了，留下了很多遗憾。我一个爷爷——我父亲的叔叔，走的时候，岁数还轻，据说他在家中的某个地方埋了点银子，临走了，想给后人有所交代，正要说银子的事，刚张开口，来了一个人，在他身边稍坐了一会儿。他无法说出来，眼看着没时间了，来人还不走，他只好用手指给我堂叔比画。堂叔知道他是在说银子的事，可是看不明白，也张着嘴，却不好问。就在这时，我爷爷咽气了。给我堂叔留下了一个谜，他用了半辈子也没有揭开谜底。我们村子里，还有一个老汉走得更突然——那是很久以前的事了，那天，他路过一个打麦场，打麦子的人问他要去什么地方，他说要去哪里哪里。刚一转身，一个人跑过来说，那老汉在路上躺着，死了。

谈论生死问题一直是人们的一个永恒话题，在乡村更是如此。

一群人坐在村头上，说着说着，最后总会说到一个人的死，而后是很多人的死，各种各样、千奇百怪的死亡。小时候，听大人们说完那些亡人的事之后，如果是在晚上，都不敢一个人走回家，总感觉，他们就在你身后，跟着你。他们不仅谈论死亡，也谈论死亡之后的事，也就是鬼魂。不是猜想，据说都是他们亲眼所见或亲身经历的事情。

我有一个姑爷，很有学问，书法功底深厚，圆脸宽额，上唇有两溜儿细长的胡子，像画像上的李白，打小，我就很佩服。他说，自己也见过亡人。一天夜里，他正往家走，一个人叫他，说坐下来歇一会儿。他说了声好，就坐下了。坐了一会儿，他才想起来，这个人不是已经死了好多年了吗？怎么还在这里？他胆大，不害怕，还对那人说，我要回家了，你慢慢坐着。那人见状，感觉此人不好惹，先走了，脚不着地，在半空里飘着，像风。

一般常人，也只是偶尔能看到亡人鬼魂。以前，乡村里还有一种特异之人，异于常人，只要是夜晚，什么时候都能看见鬼魂，专司鬼事，人称"眼见鬼"。跟祭司一样，在过去，这是一种职业。我们家一个远房亲戚——我小时候，她已经是个老太太，就是这种特异之人。虽然，我无法证实她是否真能看见鬼魂，但她现场作法指挥捉鬼的情景却是亲眼见过的。那时，我已经是个大孩子了。那一年村庄里灾祸不断，卦象显示有恶鬼作祟，便请了那老太太来。老太太只管指点何处有鬼，是男鬼女鬼，是恶鬼厉鬼，饿死鬼还是吊死鬼，却不亲自捉鬼，所以，还请了许多其他高人法师，可谓本、佛、道、法一应俱全。因为事态严重，那次事件，在整个村庄算得上是百年不遇的大事，堪称"空前绝后"，所以，几乎全村男女老幼悉数参与其中。有的抬着供有神位的桌案，有的拉着装满沙砾的牛皮袋，有的拉着成捆的树枝，有的抱着黑碗器皿和五谷，还有的手持钢鞭铁链和刀剑，有的念念有词，有的在癫狂地疯跳，有的则猛烈地砍杀抽打……那天夜里，月黑风高，捉鬼大军在村庄里忽而由东往西，忽而又自北向南，纵横驰骋，呼啸而过。村庄的每一条巷道、每一户人家、每一处场院空地和悬崖底下，到处是一派飞沙走石、旌旗猎猎、阴风怒号的景象，那阵势就像是孙悟空会同众多天兵天将在大战牛魔王。但见那老太太身藏于人群之中，指挥若定，不时地喊道，在这里或在那里，有几个或多少个，有时甚至会对某鬼做出具体的描述，道明其性别和相貌特征。她指向哪里，都会所向披靡。那之后，村庄里偶尔也有跳神捉鬼的事，但像那种阵势的捉鬼事件再也没发生过。

那天晚上，究竟有没有捉到鬼，捉到了几个，是男是女，谁也没见到，也不得而知。但这件事在我有限的人生经历中，的确算得上是一件大事，其印象之深刻，没有任何一件事能比得上。以致很多年以后，想起此事时，仍有身临其境、毛骨悚然的感觉。不过，我写这些，并不是想要证实鬼神之存在，也并不知道它真的存在与否。只是，这样一种经历却是真实的，它让我对这个世界、对我所生活的环境有了一种不一样的体验，甚至对人生、对生命本身也多了一个认知的视角。一个人活着不只是当下的事情，也关乎过去和未来。也不只是活着的事情，还关乎正在进行和已经发生的死亡。

如果从这个角度看，我们每个人每时每刻都处在阴阳两界之间。这种认知，与鬼神迷信无关，它会让我们更好地珍惜生命，珍惜生命里的每一次聚散和缘分。茫茫人海，红尘万丈，无论父母、孩子、亲戚、朋友，聚在一起都是缘分，每一个日子都非常宝贵。说不定，这次走散了，再无相聚的机会。

因为，无论你是谁，死亡迟早都会来临，这一点确凿无疑。而且，和生一样，每个人都只有一次死亡的机会，不会多，也不会少。对任何人来说，死亡都是天底下最公平的一件事，也是一生中最隆重的一件事。对这样一件事，我们怎么重视都不为过。这个世界上的绝大部分人死到临头了才会想起这件事，至少，此前不会过早地主动面对，甚至忌讳谈论自己的死亡，以为那是很久以后的事。其实，它从未告诉过你，它会在很久以后才会来临。也就是说，它随时都会来临。我们把对死亡的重视都放在了操办后事上，而非死亡本身。死亡本是结束，唯一的后事就是送别的葬礼。那只是一个仪式，既是仪式，无须奢华，不失庄重肃穆即可。从这个意义上说，我们对死亡的准备好像都晚了一些，甚至一直都不曾做过这样的准备，更不会满怀慈悲地迎接死亡的来临。而死亡也许真的是一件慈悲的事，当满怀敬畏和悲悯——在宗教意义上，也许还是一件值得庆幸和感恩的事，是殊胜的荣耀。那么，我们为什么就不能为迟早要来临的这一天做些准备呢？准备死亡，听上去像是很消极，其实未必。这世上还有什么事比坦然面对自己的死亡更积极的事呢？我想不出来。假如生死就像是一枚金币的正反面，生有多大尺寸，死也有多大尺寸。人并不是突然死去的，生的开始也是死亡的开始，生的终结也是死亡的终结。人一天天慢慢变老的过程，是生的过程，也是死亡的过程。如果人生是一棵树，那么每一片树叶就是每一个日子。每一片新长出的叶子都代表生，而每一片已经凋零的叶子都意味着死，无论它长出多少叶子，最终都会落尽。

医学乃至健康意义上所采取的任何措施，其实，就像是给树添加的养分和水分，是想延缓和推迟死亡的时间，而不是准备死亡。但是，即便你采取了最好的措施，死亡也会如期而至，不可阻挡。有一个故事，说有一个人去算命，先生告诉他，某年某月某日会死于悬崖下。从此，他远离所有悬崖，甚至像点悬崖的地方也不敢靠近。到了那一天，他不敢出门。饿了，想吃糌粑，用一把木勺取糌粑时，从下面挖了一勺，上面的糌粑就滑落下来，而他看到的却是一面悬崖塌了下来，便吓死了。

不早，也不晚，就在死去的那一天。

每个人心里都藏着一面镜子

乙未年，自初夏至冬初，一直在老家。先是照料病中慈母，送别母亲之后，家父又病危，须臾不能离开。便继续留在身边，听候使唤。偶有闲暇，除了侍弄花草树木或田地，每日，或抄写玄奘译大般若心经为天下苍生祈福，或读唐诗宋词与元曲苦中作乐。兼及其他，譬如读史和写作，譬如人生感悟。此其序也。

如此开头之后，自己都觉得好像是在写一部鸿篇巨制，其实，不过是记述一些杂感而已。因为，时刻面临生与死的诘问，大多依然是有关生死的一些断想。

无论你是谁，都不可能选择自己出生的时间、地点和环境，每一个人都不是自己想生下来才生出来的，无一例外，我们都是被生出来的，很被动。到了那一刻，你即使不想来到这个世界也不可能，你没有选择的余地，所有的决定权都在你的生死父母手里攥着。什么时候生你或不生你？是冬天还是夏天？把你生在什么地方？是乡村还是城里？全看你的父亲母亲，只要他们乐意，他们随时都可以把你生下来——当然，他们要是不乐意，也完全可以不生你。也许还有一种可能，他们原本并不想生养你，可是，情非得已，在你我的父亲母亲毫无准备的状态下，你我却已经在来的路上了，只好生下来。但是，无论怎样，每一个人能来到这个世界并非必然，而是一种偶然——偶然注定缘分。如果你早一年或晚一年出生，或许你就不是后来的你了，你的父亲母亲和兄弟姐妹都会改变，或许你根本就不会被生下来。从这个意义上说，我们能来到这个世界上是幸运的，因为还有无数的生命没能得到这样一个机会，他们要么夭折，要么早产，要么人为引流，要么根本没有孕育……

因为这个缘故，直到出生之前，我们对自己为什么要来到这个世上，一无所知，当然更不会有丝毫的心理准备。也许有很多人为迎接你的降临做过足够充分的准备，但那未必是你的本意，所以，你用啼哭诉说着你的恐惧和无奈。无论在未来的岁月里，你将面临怎样的苦厄和灾难，你都必须勇敢面对或被动接受。这就是命运最初的样子，也是生命起始的样子，你既无法选择，也无法逃避。一条路似乎已经在你眼前铺展开来，伸向未知的远方。它有多么漫长或多么短暂，或崎岖坎坷，或蜿蜒平坦，你都无法预知，更无法料想。后来你会发现，这条路的前方一片黑暗，只有走过去的那一段路才会出现光明。所以，你会记得以往所走过的路是怎样的，却无法看到即将要走的路上会遭遇什么样的危险。哪怕是很短的一段路程，你也无法看清楚，即使在白天的阳光下，那里依然是一片黑暗。那就是你的人生，接下来的一辈子里，你所要做的唯一的一件事就是把这条路走完，走到尽头。

因为你的降临，有一些事情仿佛突然被改变了方向——那是一种很微妙的变化，不易觉察。从此，这个世界上多了你这样一个人，你要一定的生存空间，你要吃喝拉撒，你要呼吸空气，你要跟人群交往，你要生病，你会被细菌感染也会传播细菌等等，这多少肯定会影响到这个世界本来的样子——尽管这影响微乎其微。爱德华·洛伦茨说，因为，远在巴西的一只蝴蝶扇动了一下翅膀，改变了空气的持续流动方式，最后可能会在德克萨斯州引发一场龙卷风。这就是著名的"蝴蝶效应"。一个人的影响再微弱也不会小于一只蝴蝶。虽然，不能断定，因为你的出世是否阻碍了另一个生命的诞生？或者在某种程度上改变了生命群落的组织结构？但它确实会产生持续的连锁反应。

对任何一个人来说，生都是一件极其重要的事情。因为，有了生才会有一切，如果没有生也就没有一切。生是一切的那个一，有了这个一，也才会有人生的一切。不过，就像你赤条条地来到这个世界一样，终有一天，你也会赤条条地离开这个世界。与每个人只有一次出生的机会一样，我们每个人也只有一次死亡的机会。虽然，谁都不知道有一天我们都会生，但是，每个人都知道有一天我们都会死。由于这个缘故，对每一个人来说，死亡要比生更加隆重。因为，我们确切地知道，迟早都会有那么一天。无论你是否愿意面对，或者有没有为此做好准备，它都会如期而至。

值得庆幸的是，虽然我们不自觉地被动地来到这个世界，但却可以明白地离开这个世界。这无疑给我们展现了一个可以谋划梦想的未来——也许它不够漫长，甚至过于短暂，这都不要紧，重要的是我们确切地知道，我们是有未来的——怎样地度过将要来临的每一个日子，才是人生必须时刻面对并谨慎对待的一大课题。它告诉我们，无论你做出何种选择，你的人生只有这么一辈子，不会多一天，也不会少一天。在过往的岁月里，你也许有过前世，但你无从记忆；在未来的岁月里，你也许也会有来生，但你也无从把握。你唯一所能确定并把握的只有今生今世。

　　鉴于此，你即便有无数个前世和来生，那也是另一个你的人生，即使与你有关，你自己也感觉不到它的存在。而且，这里还有一个问题，即使有另一个你曾经存在过或将要存在于未来，延续你生命的轮回，你也无法确定，那一个你就是这一个你，至少他们之间绝不会是等同的关系。如果真有这种生命轮回的历程，那也应该是一个人的灵魂不断成长完善的历程，就像生物或生命的进化过程。就个人而言，我倒是愿意相信有这样的进化过程。因为，它对人生有益，它会促使人类灵魂的不断完善和进化。所有的生命都一直在不断进化的路上，人类也一样。与其他生物不一样的是，人类还有灵魂，而灵魂也需要进化。

　　从这个意义上讲，每个人前世的灵魂修为决定了今生今世的生命品质，今生今世的所作所为也必将影响到来世的人生境界。一个人如果在当下努力使自己的灵魂得到进化，则有可能在未来的日子里减轻自己的痛苦。至少在人性的层面上，这个因果关系似乎是成立的。时刻提醒自己剔除恶念，多行善事，任何时候都可以坦然面对自己的灵魂。无法断定，在现实生活中，有多少人曾时刻面对过自己的灵魂，更无法想象，在面对自己的灵魂时，他们是否问心无愧或心安理得。但是，我敢说，有很多人至少在面对自己的心灵时，肯定不会像表面上看到的那么若无其事，而一定是坐卧不安。因为，那一刻，只有自己在面对自己，除了自己，无人能窥见其内心的真实。我想，那个时候，我们就会看到自己灵魂的丑陋和肮脏，它是那样的不堪。表面是给别人看的，而内心才是给自己看的——那是一面能照见真实自我的镜子，即便是一个敢于让别人看到自己内心世界的人，也会不自觉或自觉地有所掩饰。为什么要有所掩饰呢？因为，我们害怕别人看到自己的丑陋。

坦率地讲，这是我自己真实的体验，也就是说，我看到过自己灵魂丑陋和肮脏的一面。由此推想，我相信，世上几乎所有的人都曾看到过自己灵魂的丑陋和肮脏，只是他们不敢承认而已，或者说，他们不敢久久地面对。假如有一面像照妖镜一样的镜子，不仅能照见自己的灵魂，也能照见所有人的灵魂。照一照，我们可能就会发现，很多人的内心世界与我们所能看到的并不一样。而不幸的是，我们无法一一证实，因为，世界上并没有这样一面镜子。这面镜子藏在每个人的心里，只有自己照自己，却不能照别人。一旦去照别人，我们既害怕照见比自己更加丑陋和肮脏的东西，也害怕照见比自己美好和圣洁的东西。尽管我们都愿意承认和接受，人心深处有美好和圣洁的东西存在，但却不愿接受自己的灵魂比别人更加丑陋和肮脏的现实。这是潜藏于人性深层的一个悖论，我们时刻都被它所左右。

　　有很多时候，我想过这样一个问题：人之所以需要信仰，可能就是为了把深藏于每个人内心的那面镜子安顿好，并时刻擦拭干净，好照见我们自己灵魂的丑陋和肮脏，然后，尽可能让它渐渐变得美好和圣洁起来。只有这样，我们才有可能拥有真正美好的人生。从这个意义上说，我们虽然无法选择怎样来到这个世界，但却可以选择怎样离开这个世界。我们要为这一天的来临做好准备，如果珍惜时光，不要荒废，一生的时间也许正好够用。

父亲想念死亡

想来，再次陪伴父亲回到老家已经快两个月了。到家时，白露刚过，而过两天就是立冬了。前几日，老家连着下了两场雪，第一场雪很厚，把很多树枝子都压断了。一棵白杨树的一根大枝子掉下来，还砸断了我在夏天精心扎好的一道篱笆。雪霁之后，父亲望着满地的落叶说，天冷了。我说，过几天就是立冬，冬天就要来了。虽然，大地白茫茫一片，但那一整天，却阳光灿烂，父亲一直坐在轮椅上，盖了一条毯子，在院子里晒太阳，太阳快落山的时候，才进屋。

进到屋子，坐到热炕上之后，父亲就开始呕吐，之后，开始疼痛。吃了一片止痛药，感觉好一点了。这时，父亲突然说："我想念死，死却不想念我。"说完这句话，过了一会儿，他又说，他想跟我们要一点东西，不要多，只要一点就够了，外加一两杯烈酒，他就可以走了。虽然，他没有明说那一点东西是什么，但是，我们都心知肚明，他要的是一种能自己结束自己生命的东西。我就说，我们理解你的心情，可是走，没那么容易。他咬着牙说，只要给他东西，就不难。并告诉我们，他自己会了结一切，也会承担所有的后果，不会影响到后人的清誉。父亲已经把话说到了这一步，我们再不好接他的话茬，只好沉默着，陪在他身边。坐在他身旁，给他揉脚的三妹，一下扭过头去，扯着头巾的一角擦眼泪。我蹲在炕沿下，盯着他看，他却埋下头去，不看我们。又过了一会儿，他抬起头来，无奈地摇了摇头说："我总害怕天黑，因为，天黑了，很难熬到天亮。睡吧，你们这样看着，天也不会亮。"因为疼痛，父亲把一个枕头卷成一个疙瘩，垫在胸前，跪在炕上，趴着。停顿了片刻，他又说："我现在的样子，就像一只癞蛤蟆。我得这样趴到天亮。"我知道，天会亮的，天亮了，太阳就会出来。可那又怎么样？病痛不是黑夜，父亲的疼痛不会因此消散。

　　不得已，我们给父亲吃了一片缓释止痛片。这应该是一种具有麻醉效果的药片，一小片可以管 24 小时。早些日子，曾给父亲服用过一次，止痛效果明显。医生曾叮嘱，不到万不得已，最好不要服用。可什么时候才算万不得已呢？对我们来说，父亲疼痛难耐的时候，就是万不得已，因为，我们既不能替父亲忍受疼痛，也不忍目睹父亲所遭受的煎熬。服过药，大约十分钟之后，药劲儿上来了。父亲说，像是好点了，说不定能睡着了。我们就让他先躺下试试，看能不能睡着。他说，好。几个人便小心翼翼地服侍他躺下，盖好被子。他长舒一口气说，他要睡着了，让我们也睡。这一夜，父亲睡得很安稳。不过，直到第二天早上醒来之后，他还在犯迷糊。他感到很奇怪，说自己好像晕乎乎的。一吃过早饭，他又靠着被子小睡了一会儿，药效还在持续……直到第二天晚上，父亲都没有感觉到疼痛。这一夜，他睡得也很安稳。

因为病痛，父亲每天都醒得很早。醒来以后，不想继续躺着，他要坐起来，洗漱完毕，早饭前，他要在炕上，直直地坐一会儿。可是，这一天他醒来的时间比平时都要晚一些。他还没醒，替换三妹的二妹就已进家门了。我有四个妹妹，除小妹在城里，其余三个妹妹的婆家都在附近乡村。小妹夫的工作单位在玉树，小妹要照顾刚上初中的外甥女，除了节假日无法脱身来照料父亲。其余三个妹妹便轮流到娘家值班，操持一日三餐和其他家务。其中二妹的家距离最远，单程至少在 15 公里之外。父亲醒来后，看到二妹已经到家了，很是感动，说这么早就来了，外面多冷啊。我问他睡得怎么样？他说，那一小片药还真管用，让他安稳地睡了两个晚上。

大雪初霁，这一天，天气晴好，阳光灿烂。三妹午后才走，一上午，家里人多，欢声笑语不断。加之由于睡眠充足，父亲的精神也感觉好多了。死亡的阴影好像暂时隐于阳光照不到的地方，看不见了。已经有大半年的时间，这般轻松愉快的时光，在我们这个家里总是稍纵即逝，一眨眼就会消失掉，所以，每个人都格外珍惜这样的时光。它虽然短暂，却为我们几乎透不过气来的日子照进一抹亮光。有了这一缕光明，我们就可以喘一口气，让生活继续，让日子继续。

记不大清楚了，这一段时间里，这是父亲第四次或是第五次谈到死亡。如果说，前几次谈到死亡时，父亲像是突然想起了什么的样子，那么，这一次却更像是一种深深地思念。他在想念死亡。

但凡思念，一般都与曾经的往事和人有关，而死亡只有一次，不可能经历过，而在我父亲，那仍然是可以想念的。我无法想象。父亲所想念的那个死亡在他眼前展现过怎样的诱惑，更无法想象，死亡在他眼里是个什么样子，或者说，他自己是否真切地想象过自己死亡时的情景。但我相信，父亲的确是在想念死亡。这个冬天，是我们缅怀母亲的季节，也是父亲想念死亡的季节，想念死亡时，他可能也在想念母亲。这个季节，我们一家人与死神日夜相伴。有很多时候，我感觉死神一直在耳边絮语，甚至在梦里都能听见它的声音。

随后的几天里，父亲的情绪没有太大的波动。直到冬至前两天的晚上，他老人家再次出现想死的念头，与前几次所不同的是，这一次他的反应很强烈，他好像不是在想念，而已经是在强烈地渴望了。起因是，他想如厕，却动弹不了，得有两个人架着才能站起来，可当时只有我外甥一个人在身边，我听到动静跑到跟前时，他已经上气不接下气了。他大声叫唤了两声之后说，眼看着心要跳出来了，这么受罪，熬到哪一天是个头啊？之后才回到主题。不过，这一次，他自始至终没有提到"死"这个字。一开始，他像上次一样，要一样东西，外加一两杯烈酒。我们一个个大张着嘴，却说不出一句话。空气好像已经凝固了，屋子里出现了可怕的沉默。最先开口说话的是二妹，她让父亲别胡思乱想。可父亲说，他这不是胡思乱想，并一再声明，所有的罪名他一人承担，与别人无关。二妹说，可是，天在看。要是我们做出这样的事，以后咋出门见人？父亲绝望地叹了口气说，这是他自己的事，狗不惊狼不诧，没人会怪罪我们……这样僵持了约莫半个时辰之后，父亲不再坚持，他要睡了。这天晚上，他说的很多话都很伤人，妹妹一直在哭。

这天夜里有雨雪——落下来之前像是雪花，而落到地上的时候却是雨滴。如果是雨，这该是今年的最后一场雨了；如果是雪，这却并不是今年的第一场雪——因为，前几天已经下过两场雪了。看父亲睡着后，我出来在院子里站了一会儿，看雨雪纷纷飘落。那时，我也想哭，可是，我不能。一转身看到妹妹从父亲屋里出来，我还对妹妹说，别多想，父亲并不是有意要伤我们。

一个人真到了要死的那一天，可能还真不容易。联想到我父亲现在的样子——我想，家里的每个人都能理解父亲的心思，可是在死亡这件事上，我们谁也不可能帮着他去完成这件事。我们总以为，到时候，死亡自己会来结束一切，在这之前，其他任何人所做的一切——包括所有的抢救性治疗，其实都是在阻止死亡的发生，但是，我们又不能不采取这些措施。这些措施也许极不人道，但是它符合道义和法度的要求。于是，在面对死亡时，所有的人都时刻处于两难的境地。父亲在医院的时候，医生曾拿了一沓文件征求我们家属的意见，其中包括，一旦出现意外，是否要到重症监护室，是否要采取强力按压等措施，在这些条款的后面，我都签署了拒绝接受的意见。当时我想到的就是，那不人道。一个人将要离开人世，弥留之际，突然置身一个四周都是玻璃的小房间里，封闭起来，身边全是穿着白大褂、戴着口罩的医护人员和一台台插满管子和接头的机器，却看不到一个亲人、一张熟悉的面孔，那该是多么恐怖的事情。假如很不幸，真到了那一步，我希望父亲能在亲人的陪伴下从容地离开这个世界。可是，看着父亲现在的样子，并没有想象中的那种从容，反倒显得很无奈。父亲渴望死去，而我们却爱莫能助。

说句不孝的话，有那么些时候，眼睁睁地看着父亲痛不欲生的样子时，我真希望，自己能帮着父亲离开这个苦难的世界，可我永远也不会有勇气迈出这一步。很多时候，父亲的眼神告诉我，他是多么希望我能迈出这一步。这一步的前面并非万丈深渊，而是我父亲的生命。如果迈出这一步，我就会万劫不复——其实，我担心的并不是自己会不会万劫不复，而是自己没有足够决绝的勇气。从这个意义上说，当孝子难，作逆子也不易。至少在此之前，我从未想过，一个人的死亡会牵涉到这么多艰难的抉择。

熬过了那个晚上，父亲又有了一点精神。立冬过后，天气日益转凉，但父亲的眼神中却奇迹般地出现了难得一见的平静。立冬后的第二天，他突然说，他要去看看他姑姑。他姑姑——我姑奶奶的婆家就在本村庄的另一个小村落，离我们家的距离不超过半里路，步行五分钟时间足够了。可是，父亲的双腿绵软无力，已经无法自己行走，我就让外甥用轮椅推着他去看姑奶奶。她是父亲最小的一个姑姑，他们兄妹共七个，我爷爷排行老大，下面还有三个弟弟、三个妹妹。其余都早已不在世了，我爷爷辈的亲人现在只有最小的这个姑奶奶还在世。她跟我母亲同岁，比我父亲还小三岁。前些年摔了一跤，一条腿已经不大灵便，走路也很困难。不过，每隔三五天，她都会一瘸一拐地来看看我父亲。父亲很过意不去，所以，执意要去看看。这是一件很小的事，但在我们家，却成了这一段时间里的一件大事。父亲的亲弟弟、我叔父也还在世，也几乎每天都来看他哥哥。他知道这件事后，也把它当成了一件大事，在村庄里到处炫耀，说他哥去看他姑姑了，脸上的那一份高兴劲儿绽放成了一朵花。他给我讲起这件事时，我也被感染了，想必脸上也乐开了花，可是眼眶里却溢出一层泪水来。不过我叔父因为眼疾日久，几近失明，即使我泪流满面，他也看不见一颗泪珠。

因为受了父亲移植到花园里的那棵枸子树的启示，我让一个每天都到山坡上去放羊的堂弟，从山上给我挖了几棵野生花灌木来。事先，我给他列了需要他去挖的树名，譬如枸子、花楸、绣线菊、花叶海棠、皂荚、杜鹃等等。这可以说是它们的汉语学名，在当地它们还有一个俗名，大部分也是用汉语取的，而有的却是藏语，还有的汉藏语名字都用。比如小叶杜鹃，在当地的汉语俗名叫岗香，藏语名字却叫苏鲁。这是一种常绿小灌木，开紫蓝色花朵，奇香。藏人常用它配制熏香，或在煨桑时直接燃放，袅袅香烟便会四处弥散，经久不去。我给堂弟说的当然是它们在当地的俗名了——这些都是山上一些野生灌类植物，在植物学上，它们都被称作近代开花植物。山上植物茂密，从林间挖几棵植物对山林不会有任何影响。他先后去了三次，第一天挖回来的全是细高的枸子，第二天和第三天，除了枸子，还有几棵更小的灌木，别的，都说没有找到。父亲去看姑奶奶的时候，我正好可以抽空将这些树苗找个地方埋起来，等来年开春了，再把它们挖出来种到另一个地方。母亲去世之后，父亲母亲一辈子种地为生的历史算是告一段落了。虽然，他们承包的土地还在，但已经没有人再继续耕种了，无论是麦子还是土豆和胡麻，都不会再种了。按理说，再留着那些土地也没什么用了，但为了给这些植物找个理想的所在，征得父亲同意，决定把多余的土地让给别人耕种的时候，我还是留下了一两块土地，并以土地流转的方式，用不远处一块大点的土地置换了门前的一小块土地。我准备在那个地方，新开辟一个花园。与以前已经建起来的两个院子所不同的是，这个院子里我只栽种当地野生植物。另外，可能还有一点不一样的是，这个院子未来的营造过程中，父亲也许就不会再参与了，那样，我就是这个院子唯一的建设者了。

父亲回来时，我正在门前的院子里挖一个育苗坑。走到院子边上，父亲让轮椅停在离我不远的地方，他看着我在那里瞎折腾，问外甥，他在干什么？外甥说，舅舅在育苗，说开春了要栽种。他听了，再没说什么，也不知道，父亲会怎么想。他可能会想起曾经的那些往事，那些父子两人在房前屋后和花园里的那些植物身上较劲儿的事情。

第二天早上吃饭的时候，我给外甥说，堂弟挖回来的树苗品种不全，我们哪天自己上山去挖。不曾想，这句话却给父亲听见了，他在鼻腔里哼了一声。虽然，他没说一个字，但能听得出来，他不大乐意，至少觉得我的这个想法很愚蠢。我赶忙对外甥喊道："你外爷说了，先不挖啊，不挖。"父亲接过话茬说，那些苗子跟前没有，得走远，而山上冷，这个时候阴山已经结冻了，不好挖。我就顺着父亲的话说，这事又不急，什么时候上山了顺便挖几棵回来就行。父亲听了，没有再说什么。这件事告诉我，要是未经他老人家同意，我还不能随便把一些植物种在什么地方。说白了，他才是土地的主人，而我不是。我虽然在这里出生和长大，曾经也分到过一两亩承包地，但是，我早已没有了自己的土地——不仅在自己的出生地，在这个世界的任何一个地方，我都没有属于自己的土地。无论是人还是植物，或者别的什么生物，只要没有属于自己的领地，那就是一个漂泊者，像浮萍。而我就是一个已经离开土地的漂泊者。不过，我能感觉得到，父亲在这些事情上的态度已经没有以前那么较劲儿了。

而这个时候，冬天已经来了，春天就不远。等春天来临的时候，我将在新开辟的花园里种下第一批植物，我希望父亲能看到这个新花园的落成。我想，当他看到又一个春色满园、百花盛开的季节来临时，他会喜欢上那些植物的。因为，他喜欢这样的季节。这个冬天，父亲想念过死亡，而这个季节过后就是春天，那是个万物复苏的季节。

我不敢确定，父亲会怎样看待曾经的那些往事，但在我，那却是我们父子之间最难以忘怀，也最值得珍惜和怀念的记忆。有一天，父亲也会离开我们，而他和我一起种下的那些花草树木还在，它会延续我对父亲的怀念和爱。也许有一天，我也会像父亲一样想念死亡——也许，也在一个冬天，不过，那个时候，我会更加想念父亲。而想念父亲时，我一定想到一群植物的，一群在我们家生长过、繁茂过的植物，因为，我们父子两代人的记忆里都有它们的绿叶婆娑。

死神的絮语

我从未像 2015 年冬天这样，感觉到自己与死神离得这么近，它仿佛时刻都在我身边。这倒并不是因为我感觉自己快要死了，而是因为父亲每隔一两天都会谈到死亡。而且，每次谈到都是极其渴望的样子，仿佛死神已经在他身边等候多时，他不想再耽误它的时间和行程。每当这个时候，我总会环顾左右，好像死神就坐在那里，或者，就站在我身旁，向父亲张开双臂，正等待他起身离开。

回想起来，在我有限的人生旅程中，至少也有一两次曾与死神擦肩而过，其中一次，我甚至以为自己肯定是要死在那个时间和地点了。那是 20 年前的事，我深入一片森林去采访，因为遭遇风雨，在森林里迷路，本想抄近道绕过一座山头回到住的地方——我事先已经在林区找好了一个可以住下来过夜的房间。可是没想到那个山头到处都是悬崖峭壁，根本无法翻越。便在深夜的密林中不断左突右拐，而雨却一直在倾盆而下。直到把自己折腾得筋疲力尽之后，才决定在山上宿营。好在我还有一位同伴，一位 80 岁高龄的老人。他是我的一个姑祖父，在去往这片森林的途中，我与他巧遇，觉得

124

这是缘分，便相伴而行。那是一个夏天，此前我从未想到过高原夏天的雨夜会那么寒冷。因为衣衫单薄，当雨水不停地浇到身上时，仿佛一下就渗进了骨髓里，奇寒无比。那时，感觉自己的生命就像一缕微弱的火苗，随时都有可能被浇灭。虽然，我们最终燃起了一堆篝火温暖自己越来越冰凉的身体，但是，过了午夜之后，我们已经无法继续找到可以燃烧的柴火，而雨却丝毫没有要停下来的意思。那个时候，我无数次想到过，我们肯定要死在那里了。那个时候，我感觉死神就站在那雨夜里，就在我们身边，向我们微笑，仿佛一伸手就能触摸到它的脸庞。假如那雨，再下大一点点，或者再持续个把时辰，我就不会还坐在这里写这些文字了。也许，那一次死神只是跟我们开了个玩笑，而并非真跟我们过不去，或者，它只是碰巧路经那片森林也说不定。总之，雨并没有下得更大，持续的时间也没有更长，所以，次日早晨，我们才得以活着走出了那片森林。所谓命不该绝，这也许就是命运的安排。

即便有过这种与死神非常切近的体验，与这个冬天刻骨铭心的记忆相比，那甚至算不上是一种记忆，完全可以忽略不计。在这个冬天，每时每刻，我都处在一种毛骨悚然的状态，好像一转身投足之间就可能与死神撞个满怀。我甚至设想过，假如我被它撞倒在地，自己还能不能重新站起身来，接着还进一步设想，假如我再也爬不起来，那是否就意味着已经死亡了呢？

有一次在飞机上，我正在读尼尔·唐纳德·沃尔什的《与神对话》。我旁边是一位白发苍苍的老者，衣着朴素，感觉像是一位工厂的老工人。他歪过头来，看了一眼封面，用浓郁的东北口音自言自语：《与上帝唠嗑》，我知道，这是他对这本书封面上英文书名的另一种译法，不禁侧目。后来，我好像问过他是做什么工作的，依稀记得，他是一位地质工程师什么的，又或者是别的什么工程师，比如灵魂工程师。后来，他没再说什么，因为我什么也没问。后来想起那一幕时，我总觉得他曾经跟上帝唠过嗑，说不定，他还是一位神的使者。从表面看，一位圣徒可能更像是一个乞丐，他们的高贵和圣洁永远隐藏在灵魂深处。于是，后悔自己当时为什么没有多问几个问题。可是，我与他已经错过，他已隐于茫茫人海，无从寻觅。我与他的短暂邂逅永远留在了八千米的高空。这便是缘分。

尼尔·唐纳德·沃尔什在接受美国著名电视主持人拉里·金（Larry King）的采访时，曾谈到过《与神对话》的缘起。1992年前后，陷入人生谷底的沃尔什愤怒地给上帝写信，问了许多关于他的生活为何如此悲惨的问题。写下问题之后，他听到有个来自右边的声音说："你真的想知道所有这些问题的答案吗？或者只是在发泄而已？"沃尔什转过头，却看不到人影。他感到脑海中充满了那些问题的答案，于是决定将它们写出来。因为母亲的离去，因为病危的父亲总是在谈论死亡，在这个冬天的某一天，我忽然想起那次航班上的那一幕，好像受到了某种启示，觉得自己应该写一部与死神对话的作品，甚至也学着沃尔什的样子拟好了很多要向死神提出的问题。

比如，一个人是否可以自己决定死亡的时间和地点？一个人是否可以在死亡时自己选择有谁陪伴在身边？一个人临近死亡的时候，能否做到从容愉快地离去？如果能或不能，那么又是谁决定着这个结果？谁给他（或它）赋予了这样一种权利？还有，一个人的死亡是人生的彻底结束还是一次全新旅程的再次开始？如果是再次开始，那么他会去往哪里？往生何处？谁将决定他的去向？他是否有自己选择的余地？如果有，自己该做什么样的抉择？还有，父亲问过我的那些问题：究竟有没有死亡这回事？要是有，为什么一个人想死的时候却死不了呢？如此等等。

可是，无论是我的右边还是左边，都没有一个声音说："你真的想知道所有这些问题的答案吗？或者只是在发泄而已？"——也许，我应该对这句话的后半句稍稍做些改动，因为，我并不是要发泄什么，而是在追问。而后，我转过头去——不停地转过头去，也没有看到人影，我的脑海中更没有充满了这些问题的答案。于是，惶恐而疑惑。也许死神与神或者上帝还是有所区别，如果愿意，神或者上帝有时候可能会跟人对话（唠嗑），而死神不会，它沉默不语。虽然，有很多时候，我好像确曾听到过死神在耳边絮语的声音，但那不是真的声音，它是以沉默的方式传递声音的。于无声处才有死神的絮语。它仿佛一直在絮絮叨叨地说个不停，而我却什么也听不明白。

很多人临近死亡的那一刻，某个意想不到的人恰巧悄然来到他的身边，而很多本该在身边的人却都离开了，像是被谁给支开了一样。我曾祖母临走之前的那个午后，她一直在我家院墙根里剥蚕豆。

回到老宅祖屋，晚饭后，很多人都在身边陪着说话，看她好好地在炕上端坐着，像是有点困了，就让她早点睡，便都离开了。可是，她并没有睡，她像是在等一个人。这时，我在外地工作的伯父回来了，在自己家稍事休息之后，等不到天亮就想去看看奶奶。他走近我曾祖母的房间时，她还那么坐着，看到他回来了，很高兴，说了几句话。过了一会儿，伯父看见我曾祖母已经闭上双眼，他还以为她睡着了，想把她喊醒来，让她睡。可是，她没有反应。把声音放大点了，再喊，还是没有反应。她已经离开了。我母亲弥留之际，我几乎日夜守护在身边，须臾不曾离开。那天清晨，我看她睡着了，呼吸均匀，便回到自己屋里眯了一会儿。离开她身边之前，我还摸了摸她的脉象，很微弱，却平稳。我就对几个妹妹说，母亲没事儿，让她们也眯一会儿。可是，没几分钟，我听见动静不对，赶紧跑过去时，她老人家已经离开了。我岳母走的时候也这样，那天晚上，在她医院的病床前，我和妻子看到她似乎好多了，连气色也比以往要好一些。她还说了很多话，有一会儿，脸上还挂着微笑——记得，有很长一段时间，她都没有微笑过了。便觉得，她不会有事，我就回了一趟家。刚到家，妻子就打电话来，声音不大对劲儿。赶忙跑到医院时，她老人家已经走了……

　　不仅是死，生似乎也充满了这种悬念。我老家有一种习俗，一个人出生时，第一个走进家门的人，叫踏生者，说这个人身上的很多习性会直接影响到这个新生儿一生的性格。所以，一个孩子降生后，一家人总希望第一个走进家门的人是一个心慈面善之人，而不希望是一个口是心非之人，更不希望是一个满身坏毛病的人突然闯入。为了慎重起见，有的人家还会在宅门外面煅上一堆火，或者在门上系上一溜儿红布条，谓之忌门，以防不速之客的擅自闯入。而结果往往是，你最不希望到来的那个人总是在那个特定的时间不期而至，不早也不晚，好像一切都在冥冥之中早已注定，无法更改。生与死的关键时刻都具有神秘的仪式感，庄严神圣。

我觉得，这绝不仅仅是一种巧合，这更像是一种有意的安排。那么，谁在安排着这一切呢？谁可以事先注定这一切？谁在界定生与死的界限？死亡的真相究竟是什么？死亡对生命又意味着什么？死亡之后，一个人的生命真的就烟消云散了吗？那么，灵魂呢？灵魂又去了哪里？这又是一连串的问题。虽然，我们都清楚这些问题一直都存在，却无法给出答案。这不能不说是人类的悲哀。我们所能看到的一个现象是，一个人死亡之后，其实，他还在那里，很平静，甚至很安详，所不同的只是他已经没有了气息，呼吸停止，脉象消失，心脏也不再跳动。而我们并未看到这些生命的气息去了哪里？它没有留下任何蛛丝马迹，一下子就那么没有了，消失了，消失在了自己的生命深处，好像那里有一个我们无法感知的秘密通道，通向一个未知的时空。现代医学把这些气息特征的消失确定为正式死亡，可很多从事灵魂工程——科学界称之为内在科学的人坚信，那个时候，人的意识还在，包括记忆和听觉，他们能听见你说话的声音，也能记住你说的话。而对这一切，一个人在活着的时候是无从体验的，至少普通人做不到。也就是说，作为一个普通人我们永远无法证实自己的死亡。任何有关死亡的消息都是由活着的人来宣告的，包括讣告，包括葬礼的时间和地点。尤其是那些千篇一律的追悼词，把任何一个人都说得完美无缺，听了，你都会替亡人感到耻辱。在做这些事情时，我们无须征询亡者的意见，尽管他才是真正的当事人，好像那只是生者的事情，与亡者无关。那么，谁会知道死亡以后的事呢？我想，假如真有知情者，除了死神就是亡者本人——也许还有那些灵魂师。亡者不会开口说话，死神则可能不想跟活人谈论这些——它只对亡者谈论死亡的秘密，你要非得找它理论，它可能会说：别着急，等你死的时候，我们再谈论不迟。而那些灵魂师，当非常人，他即使乐意跟你倾心交谈，一个普通肉身之人也未必能听得明白。原因很简单，那是死亡以后的事，而你还活着。即便你听到的句句都是真理，也无从证实。据此，你可能会做出这样的判断，无从证实的真理就是谎言。

于是，我们就陷入了死亡的困惑，被死神所困扰。我们谁都清楚，迟早有一天，我们都会死去，好像那扇门随时为我们敞开着。可是，它又将我们拒之门外，以致死到临头，我们对死亡本身还是一无所知，直到你踏进那扇门里面，看到那扇门在你身后再次紧紧关闭。想必那时，你肯定知道死亡是怎么一回事了，你终于看到了它的真相，也许你曾想把那真相告诉外面的人，可是，你无法回头，你回不了头了。你可以从那扇门进去，却不能从那扇门自今而昔回到过去。如果你还能继续生与死的轮回，那么，在别的什么地方也许还有一扇门通往下一次轮回，但绝不是从你曾进入的那扇门里原路返回。

而此时，死神也许正站在我们身旁，絮絮叨叨地谈论着我们的死亡，所有的细节都不曾遗漏，好像很早以前就已经设计好了，却跟很久以后——也许没那么久——才会发生的那一幕丝毫不差。我们是当事人和主人公，那一切都确定会发生在我们身上，可我们却一无所知。我们成了自己的一个秘密。那么，是谁把我们锁在自己的身体里面？它好像掌管着我们的生，生和死应该是对立的，它为何又让死神掌管着解锁的钥匙或密码呢？一个人的生命旅程设计得如此精妙，而旅行者自己只记得中间这一段旅途，却不知起点和终点，更不知道开始之前和结束以后的事。某种意义上说，这是人生最大的局限。那么，又是谁预先设置了这样一个前定，它在限制什么？或者说，它在担心和害怕什么呢？是人的智慧？还是人的贪婪和欲望？也许都有。试想，有了这样的限定，人类都已经不可一世，凌驾于万物之上了，要是没有了这样一个限定，还不知道它会怎样肆意妄为、祸害万物？毕竟，人类只是造物之一，而非造物主。

　　如此想来，又觉得这是一大幸事。你只管好好活着，考虑到，你死后还有可能以另一种生命形态继续存在于某处，继续你生命的轮回，而你前世的孽缘和功德，说不定能折算成某种苦役或福报偿还给来世的你，你就不得不善待自己，更不得不善待他人乃至万物，先利他，而后利己。且不论其他，就理而言，人能做到这点，善莫大焉，因为，这符合万物的利益。如此想来，死神可能只是把守一道关口，并严守最后的秘密，无论你是谁，最终都会听到它的召唤，而一经听到召唤，片刻也不敢耽搁，便匆匆赶到它门前报到。如此，天下万物方能消长有度，生死有秩，这便是生命的秩序，是永恒的自然规律，是定数，也是劫数，你纵使有再大的能耐也会甘愿就范。

如此想来，我所听到的死神的絮语，并非真的是它说话的声音，而是切身地感觉到了它的存在。而它的确是存在的，否则，我们就会像西比尔那样永远活着，而不会死去了。西比尔是希腊神话中的女先知，因为阿波罗爱上了她，赋予她预言的能力，而且，答应给她一件她想要的东西，她要的是永远活着。阿波罗满足了她的要求，只要她手中有尘土，她就能一直活着。然而，她忘了跟太阳神要永恒的青春，所以日渐憔悴，最后老得只剩下了一层皱巴巴的皮囊，只好吊在一只空瓶子里，整日哭泣，却依然求死不得。她像一片早已干枯的树叶，却无法凋零。艾略特在他不朽之作《荒原》的引言中写道："因为我亲眼看到大名鼎鼎的古米的西比尔吊在一只瓶子里。孩子们问她，西比尔，你要什么？她回答说，我要死。"如此想来，能活着固然好，但是，如果青春不再、行将就木，依然不会死去，或无法死去，也是一件无比痛苦的事情。我等并非西比尔，但我们知道，有一天，我们都会死去，不会早一天，也不会晚一天，就在要死去的那一天。

无　药

父亲突然想起了一种植物。

小雪前后，大约有半个月光景，父亲的身体状况一直比较平稳，有几天，甚至可以说是出奇地好。不但胃口见好，而且，精神也好多了。早上起来时，他能自己穿衣服了，偶尔到门外溜达时，也不让人搀扶，甚至不用拄着拐杖，这是近半年以来从未有过的事情。

可是，临近大雪的时候，再次出现反复。那是乙未年十月二十三日，我记得这个日子，因为这一天，家族里有个堂叔家正在操办婚事。这天晚上，父亲急躁不安，像是坐在火堆上一样。他不停地叹气，不停地握紧拳头又松开。我感觉，在握紧拳头时，他原本想往什么地方狠狠地砸过去，可一时不知道该砸向哪里，便又松开了。松开之后，又不知把手放在什么地方好，便扯着自己的衣领或胸口。看着他痛苦的样子，我们几个也不知如何是好，坐也不是，站也不是，就不断地给他喂药，吃了好几种药。问他是否好点了，他说，非但没见好，反而更急躁了。不得已，最后还是决定给他服用一片叫"盐酸羟考酮缓释片"的吗啡类药剂，此前出现这种症状时也曾服用过一两次，效果明显。服过药，我们依然让父亲躺在火炉跟前，等药劲儿上来之后，再挪到炕上去，伺候他老人家睡下。前两次，服过药之后，约莫一刻钟时间，药劲儿就上来了。两个妹妹、一个外甥、一个侄子和我就在火炉边陪着他，过一会儿，都会问父亲一声，感觉是否好点了。一开始，他还有耐心说，没好，后来，不耐烦了，就说没那么容易好。

等到晚上十点半的时候，他还是焦躁不安，而往日的这个时辰，他多半是早已经睡下了。我们便问他，要不要先睡下？他没有回答，显然是害怕睡下之后睡不着。我们就提议，推他到门外面透透气，说不定会好一点，他并没有反对。很快，我们几个人就用一条厚厚的毛毯把他包裹好了，放到轮椅上推出了家门。此时，外面寒风凛冽，我们担心他着凉，没敢走太远，走到不远处的田埂上就停下了，让他看远处村落里的那些灯火。只停留了一小会儿，他就说，回，你们会冻着。回到屋里之后，我们直接把他放到炕上，让他睡了。可是，他依然无法入睡，一会儿要爬起来，一会儿要躺下。又过了差不多一个时辰，药劲儿还没上来，父亲还是没有能睡着的迹象，我们就继续陪在他身边。越是睡不着他越着急，越是着急他越睡不着，也越是心烦。他就又开始说胡话，一会儿问我们，他要是用一根绳子紧紧勒住自己的脖子会怎么样？一会儿又说，死不了能睡着也好啊……一副很无奈、很无助的样子，令人心碎。而在父亲眼里，我们一定也是一副很无奈的样子。

就在这时，他突然想起了一种植物。

我们清楚地听到他自言自语的声音："我要是能到得了'无药'跟前就好了。"接着，又哀叹道："可我到不了它跟前啊！"声音里充满了绝望。他说的"无药"是一种植物，听他的口气，它仿佛在天边，遥不可及，其实，它就在附近，并不遥远。只要出了院门，径直走到山坡上，即使在冬天，找到一两株已经干枯的无药应该也不是难事。当然，父亲已经无法独自行走，即使偶尔在家门口走几步，也得有人小心看护才行。对他而言，再近的距离也已成天涯。他要是想去附近的山坡上看看植物，须有儿女们用轮椅推着前往才行。可是，他所说的"无药"并不是一种普通的植物，不是风景，而是一种药，一种用"无"这个字来命名的毒药。一个人如果服用这种药，这个人就没有了，那就是无。有和无之间的关系有时候就是这样微妙，一种植物的存在，可以让一个生命在一瞬间从有变成无。无就是没有，就是消失，就是无我、无他、无物、无相、无众生相。一切都不复存在，只有无。所以，父亲无法抵达的那个地方，我们也无法抵达，更无法帮着他抵达。虽然，它就在附近的山坡上，但是，因为这种植物叫"无药"，它的所在就成了天涯，甚至更加遥远。与之相隔的距离不是用现世的空间来度量的，而是得用一个人的生命来做筹码才可以得知其远近。我父亲渴望抵达无药跟前，就是这个意思。他依然在渴望死去。他不想继续活在世上，忍受无尽的煎熬和痛苦。可是，这种煎熬和痛苦什么时候才是尽头，他说了不算，我们说了也不算。一个人要是到了死亡的那一刻，你不想死都不成；而要是还没到那一刻，你就是想死也死不了。它自有定数。

我认识无药这种植物，夏天，老家朝阴的山坡上到处都能看到它的身影。一听到这个名字，我眼前便浮现出它的样子。以我的观察，这是一种多年生草本植物，独株，细高，直立，株高约60厘米，茎秆呈紫红色，叶卵形，似层生，由下而上、由大而小附于茎秆，下层渐次枯干脱落，顶端植株翠绿发黄，呈穗状。据我所知，无药全身有毒，根入药。我还知道，在我老家，无药有两种用途，一是自尽——当然也可以用作他杀的武器，二是酿酒。前者好理解，因为它原本就是毒药，自幼不时也曾听到有乡邻吃无药自绝身亡或未遂的事，于是，但凡提到无药都会有惊悚之感，甚至打它身边过都会令人望而生畏。而后者，理解起来却颇有点难度，至少不可顾名思义。我有一个外婆，曾是一位民间酿酒师，每年夏秋季节，她都会自己到山上采挖各种药材，用来制作酿酒用的曲子。她先把早已选好的各种草药按恰当比例配好，然后捣碎了，加入适当水分和面粉，揉成团，放在手掌上压扁，像个小面饼的样子，中间钻一个眼儿，晾干了，用一根细绳子穿起来，挂于屋檐下——我想，这应该是在发酵。像酒需要窖藏一样，一般而言，今年的酒曲子至少要等到来年年底酿酒才好，这样酿出来的酒才淳厚绵甜，回味无穷。至于，她用了哪些草药做成的酒曲，我不大清楚，我只知道，她在酒曲里会放无药。因为，很小的时候，我就知道那是一味毒药，所以，对外婆的这个做法甚是不解。为此，我还专门问过外婆，外婆像是喝醉了一样笑呵呵地说："不放点这个，酒是不会醉人的，而不醉人，那还是酒吗？记着，它是酒的魂。"我想也是，人们之所以喝酒不就是因为它能醉人吗？如果不醉人，那跟喝水没什么分别了。当时，我只是觉得这是一件很神奇的事，可是，后来越想越觉得不可思议。毒药与酒魂之间到底是个什么关系？是兄弟还是朋友？我不大明白。而且，我外婆用什么方法把一味毒药变成酒魂的呢？她并没有精确度量的仪器，一切全凭自己的眼睛和双手的轻重，那么，她是怎样把握这个分寸的呢？当我生出这些疑问的时候，我外婆早已不在世上了，外婆家酿酒的那些酒缸和器皿也不知丢到什么地方了，也就不知道该向谁去询问这些事情了。但是，这些疑问一直在我的心里，从未消失过。

那天晚上，经父亲那么一说，这些往事便再次浮上心头。我还清晰地记得无药的样子。在那个寒冷的夜晚，突然想起这种植物时，我仿佛看见，它正在夏天的山坡上迎风摇曳，它是那样的美丽妖娆。假如，你是在对它一无所知的情况下得见它的芳容，你一定会被它的娇艳和绚丽所迷惑。你所看到的只是它容颜的光彩，只是它的表面，而非内在深藏的杀心和祸根。世间万物就是这般奇妙，尤其是植物，大凡能开出娇艳花朵的植物十之八九皆有毒性，比如无药、夹竹桃、金银花、断肠草、狼毒花等等。

小时候，我也曾上山采过药，至今还记得一些草药的名字和它们生长的样子，比如当归、川芎、半夏、大黄、秦艽、党参、贝母、黄芪等等，都是我曾经采挖过的草药之名。唯独没有无药，别说采，甚至连碰都没碰过一下。而且，长大以后，我还发现，所有我曾采挖过的那些草药，在我老家的叫法与别的地方一模一样，几乎全中国的人都那么叫，而无药不是。虽然，直到写这些文字之前我才专门查阅了有关它的资料，但是，老早以前我就确信，在别的地方它肯定不叫这个名字。果然，在别的地方，它的名字叫"乌头"，为了证实别的地方叫"乌头"的这种草药确实是"无药"，我曾仔细比对过它们的实物图片和人工描绘的图谱，"乌头"就是"无药"。我们老家这一带的"无药"准确的叫法应该是"祁连山乌头"。不过，我总觉得，作为一种毒药，比之"乌头"，"无药"一名更见力道，一个"无"字不但道尽其本色，而且不失含蓄，可谓实至名归，恰如其分。

有关"无药"，或"祁连山乌头"，在中国植物物种信息网上有一段文字，据称是来自《中国植物志》第27卷，应该可信，是这样描述的：祁连山乌头（*Aconitum chilienshanicum* W. T. Wang），毛茛科，块根近纺锤形，长约3.5厘米。植株全部无毛。茎高23~33厘米，下部疏生叶，上部密生叶。茎中部以上叶具短柄；叶片与铁棒锤（叶）相似，圆五角形，长2~3厘米，宽2.3~5厘米，三全裂，全裂片细裂，末回裂片线形，宽1~2毫米；叶柄长2~10毫米，鞘状。总状花序顶生，长4~6厘米，有密集的花；苞片叶状；花梗粗壮，长达9毫米；萼片黄色，上萼片船形，自基部至喙长1.5~1.9厘米，下缘凹，侧萼片圆倒卵形，有短爪，长约1.5厘米，下萼片长圆形或长圆状披针形，长1.5~1.6厘米；花瓣的唇长约5毫米，末端二浅裂，距球形，长0.8~1.2毫米，向后展，花丝全缘，心皮3，7~8月开花。

从植物学意义上的这些精确描述，我们很难想象这是一种毒药。乌头位居中国古代九大毒药之列。冷兵器时代，人们常用它的毒汁涂抹剑锋刀刃，用以夺命。一想到一种植物、一株野草竟然与一个人的生死有关，便觉得这是一件不可思议的事。一个是植物，一个是动物，即使在生物学意义上，它们都分属两大不同的类型，素无瓜葛，这一个怎么就能置另一个于死地呢？然而，仔细想来，无药（乌头）不过是一种植物，自己并无嫁祸无辜之杀心，更无涂炭生灵之恶念。它之所以成为要命的毒物，成为杀生的帮凶，祸根在人心，而不在它。不仅是无药（乌头），所有其他用以夺命和毒害的凶残之器物无不如是。它原本可以一直保持一种植物的本色，在山野草地静静生长，只要你不去碰它，它也断不会主动来找你索命。可是，总有一些时候，总有一些人会突然想起这世上还有一种植物叫无药，我父亲也是。

由此想到死亡，更觉得它充满了悬疑和无常。当真切地面对死亡时，我才发现，我们对它其实一无所知。即使你无时无刻不在面对它的存在，也依然无法说出它的样子，更无法道明其真相。这无疑是一件荒唐且令人沮丧的事情，它可能就住在你身体里面，或心灵深处，而你却毫不知情。至少在死亡这件事上，所有人的知情权都被永久性地剥夺了，那么，是谁剥夺了我们的知情权呢？没有人知道。而且，我肯定不会是人自己，更不会是一种植物。

那天晚上，伺候父亲睡下之后，我一个人在自己屋里独坐良久。面对父亲所受的病痛折磨，我已经无计可施。那时，我想过这样一个问题：假如我郑重发愿，让我来承受父亲过往所有的罪孽以及由此带来的所有痛苦的话，父亲的疼痛和苦难会不会有所减轻？坦率地讲，这一念头一出现，我就犹豫了片刻，也曾感到过恐惧。可是，后来我又想，我毕竟是他的儿子，假如，他真是因为过往的罪孽才遭此磨难，我不来替他受难，谁来？于是，我开始冷静下来，细细想过之后，我闭上眼睛，开始郑重发愿。而后，泪落如雨；而后，放下一切，安然入睡；而后，入梦……

在梦中，我看到了无边无际的无药，像放幻灯片一样，这个画面一下就翻过去了。接下来的场景中，我仿佛置身于地层深处一座塔状的古堡，那里没有窗户，也没有门，阴森恐怖，只有一条螺旋状的狭窄通道自下而上，我在那通道里艰难爬行，惊恐无比。我被囚禁在那里。也许那里就是地狱的一个角落，我在那里受尽折磨。后来，几个看不清模样的人将我逮住，强行按在那通道里给我注射一种药剂。我在梦里对自己说，那是氰化物，打进去之后，你就死了。其实，我并没看到他们给我注射的是什么东西，也没看到死亡到底是个什么样子，更没看到死亡的真相。那时，我看到一些熟悉的面孔，他们出现在那古堡的顶层，俯瞰着我，像是很生气的样子，向天空抛洒着白色的纸片，动作很潇洒，很优雅。那时，我还记得临睡前自己发过的誓愿，我想，可能是我的誓愿得以灵验了，这样，父亲——我亲爱的父亲就可以得救了。临死之前，我所想到的是，自己就这样没有了，变成无，妻子会受苦受累，儿子和女儿就没有父亲了……于是，再次泪落如雨，把自己给哭醒了……

雪天，思绪漫无边际

雪从深夜两点就开始下了。

早上起来的时候，还在下。地上已经积了一层薄薄的白雪，可见，它一直下得很小。到正午时分，雪还没有停，但是，依然下得很小。吃过早饭，我到山坡上走了一大圈，看见路上有一些脚印，除了行人留下的，还有一些是猫狗和鸟类留下的。远山已是一派银装素裹，从山坡上看山下的村落，也是一片白茫茫，显得无比安静，村头巷尾也不见人影。可能是因为下雪的缘故，连平日里随处都能听到的鸟叫声也听不见了。一路走来，我只在一户人家的门前看到几只喜鹊在欢快地鸣叫着，除此之外，再没听到任何声音。

从山坡上回到家里之后，我先到父亲屋里看了看，他正和几个孙子、外孙玩扑克牌。近一段时间，他的疼痛感没有前些日子那么严重，可是很焦躁，总是坐卧不安的样子。有一天，我突然想到，在身患重病之前，父亲偶尔会到村头上与一些老人玩扑克来消磨时光。便征询他老人家，要不要让我们陪他玩扑克，没想到，他竟然回答说，好。于是，接下来的好些天里，我们都在陪他玩扑克。午饭之后，扑克正式上桌，晚饭前后中场休息，之后，再接着玩，一直到他想睡了才停下。有一两个晚上，他竟然玩到了深夜一两点。我们忽然发现，玩牌的时候，父亲一直很精神，也很少说哪儿不舒服。可能，疼痛还是存在的，只是因为游戏，父亲暂时把身体的不适给忘了。即使这样，我们也觉得非常不错，至少他不那么痛苦难熬。

父亲只会玩一种叫"三五反"的扑克游戏，这种游戏要四个人一起玩，对角两个人为一家，分台上台下和主牌副牌。四种花色中主牌可任选一种，其余三种花色为副牌。牌面五最大，大小王次之，再下来是三和二，摸到三的人可以叫主牌。摸到三个五或三个三都可以反，三个三可反大，而三个五既可反大也可反小，无论反大还是反小，一旦摸到这种牌，一般都可以把对方打个落花流水。如果在台上则可以给对方推个光头，一分也抓不到；如果在台下，则可以反败为胜，打对方一个底朝天。第一局先叫牌的抓底牌，底牌补6张，垫6张。之后，每局在台上的一方抓底牌，台下的两个人要使劲儿抓分。台下一组抓到45分得胜上台，或者抓不到45分，但如果最后手握之牌最大，为扣底，也可上台；40分为平局，如果在所抓到分数为零的情况下扣底，也算平局；如果有一局台下抓分的一方，摸到牌不好，也没分，则可以重新洗牌，这叫"革命"。牌局亦如棋局，有很多专门用语，听上去好像不是一种游戏，而像是一场平定天下的战役。这种游戏在我们老家山村几乎人人都会玩，我记事的时候就会了，可从未跟自己的父亲玩过这种游戏。在我老家，人们似乎忌讳跟自己的至亲长辈玩这种游戏，因为有一些游戏语言极为不雅，如果玩性上来了，不小心说出来，就会冒犯到长辈，是为大不敬。游戏可能是童年的专宠，长大以后，我再也没玩过这种游戏，没想到，几十年过去之后，我会跟自己的父亲重新玩起这种游戏。

人生有很多经历充满了戏剧性，耐人寻味。某种意义上说，"游戏人生"这几个字还不完全是一种消极的态度，至少对一个孩子或一个老人来说，不是这样。一个没有游戏过的童年那还算童年吗？而一个没有游戏的老年那又是何等的寂寞？如果一个孩子看上去像一个老人，或者一个老人身上一点也看不到童年留下的印记，那是一件可怕的事情。一个活泼可爱的孩子留给我们的印象大多与他嬉戏玩闹的样子有关，一个和蔼可亲的老人最令人感动的是他还存有天真与童心。人们为什么那样喜欢黄永玉，不仅是因为其画、其诗文了得，享有"鬼才"之美誉，更重要的一点是，老先生越老越像个孩子，堪称天下第一老顽童。如果这世上的确有幸福这个东西，那么，一个老人如能像个孩童一样快乐地活着，那就是幸福。尽管罹患绝症，来日不多，但我还是希望，父亲多一些快乐，少一些痛苦。如果游戏能让他多少会变得快乐一些，那么，就让他尽情游戏好了。毕竟，让他面对纸牌，比面对病痛的折磨要好得多。

不过，我们也很少一上午就开始玩纸牌的，天气晴好的日子，上午，我们一般都会推着他到田野上转一圈，呼吸新鲜空气，回来后，会坐在院子里晒一会儿太阳。因为下雪，今天一上午没有出门，正好可以玩牌。我看他们玩得正起劲儿，就到自己屋里，先给炉子添了些碳，让火烧得旺一些，再把水壶坐到炉子上，等水开了之后，给自己泡了一杯绿茶。一般来说，在这样的时候，我会随意翻开一部书读上几页——假如父亲的身体没有特别的不适，情绪也算稳定的话，一上午的时间，我都会这样度过。可是，这几天因为线路改造，白天都停电，加之今天有雪，屋子里的光线很暗，即使把窗帘都拉开了，也很暗。便坐在火炉边上，用一管小楷在早已裁好的黄色宣纸上抄写《心经》。人做任何事都具有目的性，所以，抄写完毕后，落款时，我又特意缀上"为天下苍生祈福"几个字，觉得这样，做这件事的目的性问题就解决了。

洗完毛笔，从窗户里望出去，雪还在下，无声无息。我想，应该去扫扫雪，至少在院子里面和大门外面扫出一条路来。以前，每次下完雪，一大早，村庄里每家每户的人要做的第一件事就是扫雪，不仅要扫房前屋后的雪，还要扫屋顶上的雪。即使雪还在下也要扫，害怕雪积得太厚，等雪霁之后扫不动。尤其是屋顶上的雪，如不及时扫干净，屋顶上的泥土会被雪水"冻馁"了，到雨季就会漏雨。现在的下雪天，人们都不愿起得太早，原因是不必像以前那样急着去扫雪了。屋顶的黄土之下都覆盖了一层塑料，下再大的雨也不会漏。房前屋后的雪更不必急着去扫，只要你关在家里不出门，即使那里堆满了雪，也不碍事。

我独自去扫雪。扫雪的时候，雪还在纷纷扬扬。我刚在门前扫出了一条道，回头看时，那里又落了一层雪。我也不去管它，它落它的，我扫我的。扫完雪，再次回到屋里坐下，看着窗外雪花纷飞的样子，思绪也开始纷纷扬扬，飘得极远，收不回来了。

我想到了扑克。有关扑克的发明和由来众说不一，其中，有一种说法很有意思，至少对我父亲来说是这样。据说，1392 年，一个学者专门为当时患有精神病的法国皇帝娱乐而设计的。若果真如此，适度的游戏和娱乐对健康一定是有益的。从扑克十分巧妙的设计原理看，它的设计者也称得上是一位智者。一副扑克牌，除去大小王一共 52 张，代表一年中的 52 个星期；红桃、方块、草花、黑桃四种花色分别象征着春夏秋冬四个季节；每种花色中的 13 张牌，表示一个季节有 13 个星期。如果把"J"当 11 点，"Q"当 12 点，"K"当 13 点，大、小王各当作半点，54 张牌的点数加起来，恰巧是一年的总天数，365 点。假如大王是太阳，小王是月亮，一副牌中红（红桃、方块）、黑（草花、黑桃）两色之分，正好象征白天和黑夜。如此精巧的设计除了引用历算知识，还暗藏了什么生命的奥秘也是说不定的，因为，一年 365 天和春夏秋冬四季的周而复始与生命有关，它衡量着生命的长度。春天，百花盛开；夏天，万物生长；秋天，果实累累；冬天，大地休眠。每一个季节都是生命轮回链条上的重要一环，没有时光的流逝和延续，就不会有生命的存在。只要有四季更替，只要有时光的流逝，也一定会有生命的不断消亡和继续繁衍。时间停止了，生命也会停止；生命停止了，时间还会继续。但是，如果有一个生命停止了，对他（它）而言，也许时间也已经停止了——也许不是。唯一可以肯定的是，万事万物时刻都在变化之中。此刻，雪花正从天空飘落。岁岁年年，花开花落，生老病死，都是变化；

树木在长高，孩子在长大，成人在变老，老人在死去，也是变化。

由扑克牌我还想到了人类文明，想到了历史文化，想到了每张 J、Q、K 牌面上的人物，四位西方神话传说和历史上著名的伟大国王、皇后和他们的侍从。比如，梅花 J 上亚瑟王故事中的著名骑士兰斯洛特；黑桃 Q 上古希腊神话中的智慧和战争女神帕拉斯·雅典娜，她是四张皇后中唯一手持武器的皇后；黑桃 K 上是公元前 10 世纪的以色列国王索罗蒙的父亲戴维；还有方块 K 上的古罗马国王恺撒和梅花 K 上的马其顿国王亚历山大等等。在人类文明的伟大进程中，他们都曾扮演过十分重要的角色，对人类历史乃至人类心灵都产生过极其深远的影响。像战无不胜的恺撒只活了 44 岁，正值盛年；纵横驰骋的亚历山大才活了 33 岁，还是个年轻人。我曾假设，如果他们不是突然走到了生命的尽头，而是继续征战四方，那么，人类文明的历史很可能就不是我们现在看到的这个样子。可是，历史学家告诫我们，历史不容假设。一想到这些神明和伟大人物现在被我们拿在手上游戏，便觉得这是一件不可思议的事情，却不知道这是一种纪念呢，还是一种讽刺？想到这些，想到他们人生最后的那一刻来临之前所察觉的各种迹象，浮现在我眼前是一位妖艳的吉卜赛女郎，也或者是一个女巫出没一片黑森林的诡谲身影，她正从一副早已切好的扑克中轻轻抽出一张纸牌，微笑着，神秘的眼神已经飘向未知的远方。显然，她已经看到谜底，而我却看不到牌面。历史的启示总是在很久以后才露出些微妙的端倪。

我曾看过周润发演赌神的影片，目睹一副扑克变幻莫测的那些场面,顿生灵魂出窍的感觉。一张长方形小纸片,可以是杀人的武器,也可以是拯救灵魂的魔杖。一些魔术大师的精彩表演更是叹为观止,一张纸牌瞬间可以变成一张崭新的钞票,也可以从一副扑克中飞出一群洁白的鸽子。生死成败、风云变幻都在一刹那间注定,扑朔迷离。乾坤逆转变化之迅捷,令人眼花缭乱,目不暇接。

其实,整个世界、整个宇宙分分秒秒都在变化之中。住在村庄里的这些日子,每天夜里,临睡之前,我都会走到院门外,或站在庭院里,看满天星斗。有时候,会去看两到三次,第一次,看到它们都在某一个地方,某一个方向,仿佛它们一直都在那里。第二次、第三次去看时,它们却已经不在原来的地方了,这就是斗转星移。值得庆幸的是,在这个偏远的山野村落,我们还能望见浩瀚璀璨的星空,每一颗星辰都还是记忆中的样子,光彩照人。

当然,这个村庄也正在发生着很微妙的变化,像时光的流逝,像落雪,悄无声息,却意味深长。分明能感觉得到它的变化,却说不清楚是怎么回事。这些年村庄里的大多数人都喜欢出远门,而不喜欢在自己家门口闲逛。一回到村庄里,都愿意待在家里,不想出来。等不及雪霁出门的人,要么是有急事,要么是有去处——而这去处一般都是某个棋牌室,那里有很多扑克,那里总是聚集了一群人在昏天黑地地苦苦战斗。他们从未想过纸牌上的那些人物形象究竟是谁,他们只管游戏,也赌自己的运气。村庄却因此少了些生气,多了些寂静。

以前,村庄里的人日子过得很苦,却总喜欢凑到一起谈天说地;

147

如今，日子过得好了，但人与人之间似乎又少了些什么。感觉村庄里的人生活的样子越来越像城里人了，你可以说这是一种进步，古今中外，城市生活好像一直都引领着时代的潮流。但从另一个角度看，所有的村庄似乎都正在失去一种原本属于自己的秉性和韵味。尽管，炊烟依旧升起，鸡犬依旧相闻，人们相见时依旧寒暄，但是，当越来越习惯于走南闯北，也越来越变得开放的这些村里人，回到村庄之后却更愿意封闭自己，待在自己的小院里不想出来，邻里之间也很少走动。期间，有一些人已经永久性地离开了村庄，其中以女性居多，于是，留在村庄里的单身男性村民数量呈快速上升趋势，正在成为村庄里无法自行解决的一大难题。而且，从长远看，离开村庄的人也会越来越多，在城市化步伐日益加快的大背景下，越来越多的乡村居民将会变成城市人口，这是一个时代性的潮流，不可阻挡。

　　我所担心的是，村庄本身的命运。毕竟，城市化发展的最终目的并不是消除村庄，即使实现了城乡一体化，村落作为人类文明的一个经典样本也会一直存在下去，这是人类生存的必然。因为，即使所有的粮食蔬菜以及其他农畜产品都可以工厂化生产，那也得有产地和生产者才行，城市的水泥地上是种不出庄稼的。尽管已经有 3D 打印技术，但是，假如没有土地产出食物，我还是不大相信，它能为我们打印出香喷喷的米饭和馒头。

　　前不久，我又去看过考古发掘的喇家遗址，一处黄河上游大型史前聚落遗址。它告诉我们，4000 多年前，村落已经布满黄河两岸，由下游河谷地带直抵青藏高原。虽然，4000年过去之后，曾经的一些村落已经变成了城市，也有一些村落已经不复存在，变成了遗址，但是，那遗址之上却依然是村落，以前没有村落的地方也有了村落。从某种意义上说，这也是古老中国城市化的一段历史，全球性的城市化进程亦然。亚美尼亚平原上的那些古老城市已不复存在，而村落还在。村落是人类现存最古老的家园，那里存放着人类最初的乡愁。只要村落一直存在，任何时候，我们都可以踏上返乡之路，否则，我们就会一直在漂泊的途中，无处落脚。至少对曾经生活在村庄里的人来说是这样，对人类的心灵来说也是这样。

雪还在下，好像没有要停下来的迹象。午后，我把已经飘到远方的思绪暂时搁置在那里，再次走到山坡上看雪景。山上的积雪越来越厚了，山林里几乎所有的叶子都已凋零，茂盛的树枝上落满了白雪，像雾，缤纷妖娆。回到家里时，父亲的纸牌游戏又在继续。这样，我可以回到自己屋里，让搁置远方的思绪继续飘远。便感觉，在一个飘雪的日子，有一个偏远山村，能坐在火炉边，让思绪渐渐飘向远方是一件无比美妙的事情。

随处可见的那些图像

——兼及阅读

　　一天早上，我盯着墙壁上的一个黑点和淡淡的一片污渍——如某种抽象的图形，仔细观察之后，发现那图形像一个少女脸部的侧影。我忽然想起，某单位洗手间地板砖上的图案也是这个样子。一般来说，这些图形总是很隐蔽，得仔细辨认才能看得出来，像隐喻。我有个习惯，堪称嗜好，无论身处何地，总喜欢在墙壁、地板或别的什么地方寻找这样的图形，也总能找到。它们与我如影随形，无处不在。每当一个抽象或具象的图形渐渐清晰起来的时候，我会显得很激动。有时候，你会看出这些图形的玄妙之所在，便感觉它就像是一个预言或一个启示。

　　父亲母亲病重期间，我对这个嗜好几乎已经到了痴迷的程度。坐着坐着，眼睛不由得会一直盯住一个地方。有时候看到某种图像时，感觉它与我并不在同一个时空里，它好像很遥远，而我却能够看到。一天，当我盯着一个地方时，我看到了一双眼睛，再看时，我发现那眼睛里有我父亲的脸。便觉得这图像与父亲有关，正要细看时，冷不丁地听到父亲在问：你看到什么了？我吓得惊慌失措，急忙回道：什么也没看到。过了一会儿，等我再去看时，却已经找不到那双眼睛了。我对这些图像的反应一向灵敏，不过也有例外，遇到心情烦躁不安时，就显得非常迟钝。一天，我又在盯着一个地方看，因为我发现父亲也在看那个地方，已经有好一会儿了。父亲觉察到我也在看那个地方，就说，那里好像有一只苍蝇。可我什么也没看到。

那天早上看到那个黑点正往那少女的额头方向移动，像一只蚂蚁。当然，这只是我的一个感觉，其实，它并没有真的移动。这一发现勾起了一个记忆，那是不久之前的一天午后，我带女儿到山坡上看蚂蚁，我们看到一只正在狂奔的蚂蚁。它直直地向前冲去，而后，突然停住，折回身，复又狂奔起来。如此这般，循环往复。我们定定地站着，它狂奔不已，好像还在不停地振臂高呼，也许是在高喊一句什么口号，也许只是呐喊。后来，它拐向那面山坡，消失在草丛里。我一直在想，后来，它又去了哪里，会不会试着去翻越那座山，真要是那样，它会用多长时间才能走到山的那一面？女儿说，它不会那样做，因为，那样它会迷路的。我想也是。那么小一点，要翻越一座山，那得耗费多大的气力，说不定会耗尽毕生的心血。而且，山那面也并没有什么等待它的来临。它只是盲目地行进，或者不是，它或许也有明确的目标。所谓盲目只是我的臆想，而一只蚂蚁绝不会在乎一个人的看法，即便他是一个智者。在一只蚂蚁看来，你就是一个蠢蛋，与别的蠢蛋无二。

每个人，在他一生的某个阶段，一定信手画过一些什么图形，不一定画得很像、很传神，但一定是画过的。有些可能画在纸或本子上，有的则可能直接画在地或沙滩上，比如植物，或者动物，或者房子什么的，兴之所至，信手涂鸦。我小时候就画过很多动物，比如牛羊、骡马、猪狗、禽鸟等等，虽然，无一画像过，但依然画了不少。那个时候，纸很金贵，舍不得在纸上乱涂，就随手捡一根小木棒，就地乱画一气，尤其喜欢在雪地和雨后的泥土上画画。如果我所画过的那些图像都能保存下来的话，也称得上是洋洋大观了。

也许正是这个缘故，我总是会在不经意间留意到身边那些无处不在的图像，它们可能隐藏于某处，并不太显眼，却总能在某个时间和地点映入眼帘。我以为，隐藏于某处的那些图像与自己有着某种神秘的联系，像生命的密码。如果能破解，说不定会读出自己的命运。我时常想，为什么会在那样一个时间和地点，看到那样一些图像，它究竟意味着什么？或者说，它为什么会在那样一个时间和地点出现在我的眼前呢？它或许真的预示着什么，只是因为自己的心灵被某种东西所遮蔽，因而无法识读和破解罢了。

这也许可以被看作是一种效应，譬如我前面写到过的"蝴蝶效应"，世间万事万物似乎都被一种微妙的气息所关联，因而同处一个巨大的磁场或气场。这就像是你在仰望星空时眨了一下眼睛，却感觉夜空中有一颗星星闪烁了一下，也像是在眨眼睛，好像那星星看到你眨眼睛了一样。因为你和一颗星星都同时眨了一下眼睛，那一瞬间里，这个世界上也许由此引发了一系列的事情，只是你没有觉察到而已。一阵风过，一粒沙子吹进了你的眼睛，你却因此流出了一滴眼泪。进去的是一粒沙子，出来的却是一滴泪水，一粒沙子肯定无法变成一滴泪水，但它却能让一滴泪水瞬间夺眶而出。

也许我们每个人都时刻处在这种神奇效应的包围之中，都是一次连锁反应的关键一环。我们既是下一次反应的起因，也是上一次反应的结果。我们习惯于由因而推果的思维方式，可是，假如由果而推及因，那么，我们就会发现一个因只能产生一个果，而一个果则可以推导出无限个因来。由此想及那些无处不在的神秘图像时，我感觉它就是一个暗示、一个信号，就是一只在你的生命里不断拍打着翅膀的蝴蝶，它所引发的风暴说不定就会出现在未来的某一个日子里。

看那些神秘的图像时，我就像一个古代的占卜者。透过那些图像，我仿佛既能看到过去，也能看到未来，那感觉就像阅读一部历史。其实，除了那些图像之外，我什么也没有看到。某种意义上说，这个世界是由一系列图像组成的，像密码符号，就看你如何破解了。只要你留意，你的周围到处都是这样的图像，任何一个地方都有可能是一个神秘图像的载体，或者寄魂物。一片树叶、一块树皮、一片墙壁、一块地板、一块骨头、甚至一缕火苗和青烟……都有可能是一个神秘的符号，隐藏着某种复杂的秘密。还有一些活物也有可能是这样的载体，比如一只猫、一条狗、一只乌龟、一只飞鸟什么的，只要它出现在你的视野里，似乎都与你的命运息息相关。还有天上的那些云彩，它们不停地变换着形状，每一次抬头向天时，所看到的云彩的样子都是不一样的，比如瓦片云、流云、火烧云、乌云、白云等等。还有很多云是叫不出名字的，它们有的像动物，有的像人头，有的像波浪，还有的像龙像凤，像万马奔腾……可是，为什么在那个特定的时刻，你所看到的云彩会是那个样子而不是别的样子呢？其中是否暗藏着某种秘密，甚至某种天意呢？在某一时刻，几乎每个人可能都曾留意过云彩的形状，并产生过各种各样的联想。

对一个有宗教信仰的人来说，那些图像可能是一种启示，而对一个迷信的人来说，那些图像则可能意味着一种运势，昭示着吉凶祸福。我也许算得上是一个有信仰的人，但是，这种信仰远不够虔诚，至少没有严格宗教意义上的虔诚。可以肯定的一点是，我并不是一个很迷信的人，却依然喜欢留意这些图像，久而久之，这便成了一个习惯。在一天当中的某一个时刻，无论身处何时何地，我总会在不经意间注意到一些这样的图像，并想入非非。

有一天，我忽然发现，我母亲也总是牢牢地盯着一个地方，觉得好奇，便在一旁静静观察。一开始，我并未看出母亲在看什么，慢慢地，我才觉出，母亲所注视的地方，并不在我能看到的那个地方。她的目光所及处一定非常遥远，为此，她必须将脖颈用力往后缩，而将额头尽力地向前伸去。她注视着什么？她又看到了什么？我当时没敢问，后来更不敢了。那时，母亲病得已经很严重，跟她说起什么时，我们都非常谨慎，总担心会触碰到她的伤痛。随后的日子里，我不止一次地看到过母亲同样的眼神，便觉得她所注视的地方还是以前的那个地方。那个地方，她上次还没看清楚，或者还没看完，这次又接着往下看，好像她看的是一部大书，一部必须将目光伸向远方才能读懂的大书。我曾试图也将目光伸向远方，以期能读懂母亲的心思，可是，很快我打消了这个念头，觉得这是窥探母亲的秘密，是大不敬。母亲如果有什么心思，要是想让你知道，一定会说给你听，如果不想让你知道，你也无需知道，更不能擅自窥探。哈维尔·马里亚斯在他的小说中写道："秘密没有自己的个性，它由隐瞒和沉默来决定，或是由谨慎和遗忘来决定。"他还说："你只会知道你自己的秘密。"我们每个人都有自己的秘密，那是一个灰暗的地带，如果有人试图窥探，就是一种侵犯。

现在，母亲已经不在，我不知道，她究竟看到了什么，我只记住了她那个眼神。也许，她在回望过去一个特别的日子，一段隐秘岁月，那里珍藏着她不被人知道的记忆；也许，那也只是一个眼神，或是一个匆匆离去的背影；也许，她所看到的是她将要去往的那个地方，那个地方她可能曾经去过，也可能从未去过，那里时空交错，充满诱惑，也布满了陷阱，她必须全神贯注才能辨清方向。她必须小心地迈出人生最后的这一步。我想，她在那个未知的远方一定也看到过某种神秘的图像，那些图像一定是诡秘莫测，险象环生，而又错综复杂，充满玄机，既像预言，也像暗示。一切都早有定数，就看你如何破解和定夺。

一次次遭遇那些神秘图像时，我都有一种历险的感觉。那仿佛是一段奇缘，它在那个地方一直在等待我的抵达，我如期而至，它获得新生，并得以解脱。尔后，它也许还会继续等待，等待另一次邂逅。而在另一次邂逅里，不一定有我。不过，我敢肯定，我们的邂逅还会继续，只是我无法预知，会在什么地方，什么时候？对此，它不会说，我说了不算。一切都是机缘，而机缘绝非巧合。生命注定了会有机缘，那是造化。

我不得不承认，这是一种奇妙的体验。因为这种体验，我对古代的占卜者有了一种全新的认识。在一些特定的时间和地点，他们对着一块烧裂的羊骨头，或者一片甲壳，或者一碗清水，或者一条掌纹，或者一副纸牌，或者一个数字、一个文字，都能读出无穷的秘密来。

藏传佛教寻访高僧转世灵童时，在一些特定的神湖中所看到的景象大概也是出于同样的情形。我有一些朋友曾参与这样的寻访活动，他们每次从那些神湖回来，总会给我讲起那些神奇的经历和体验，说他们在一片宁静的水面上所看到过的景象，比如一个古老的村落和村落里的一座房屋，比如那房前屋后几棵高大的树木，比如那门前的一匹白马或一条黑色獒犬……凡此种种，不一而足，听来犹如幻觉。因为自己从未有过这般神奇的经历，总觉得那是一种超乎寻常的奇缘，并非我等凡俗之辈所能承受和体验得了的。虽然，很难想象它出现在人们眼前时的情景，但我从未怀疑过它的真实性。超自然现象是否存在是一回事，怎么去理解或者能否理解是另一回事。

戴维·乔治·哈斯凯尔的《看不见的森林》中有一句话是这样说的："从无限小的事物中寻找整个宇宙，是大多数文化中贯穿始终的一个悠远主题。"布莱克在他的诗歌《纯真的预言》中也写道：

"一粒沙中见世界，一朵花中见天国。"所谓见微知著，说的就是这个道理。生命是由小细胞构成的，世界是由小事物组成的。一粒沙、一朵花、一滴水、一粒尘埃，组成了大千世界，而它们的世界又是何等壮阔？所以，《金刚经》中佛言："须菩提，如恒河中所有沙数，如是沙等恒河。于意云何？是诸恒河沙，宁为多不？"2014 年诺贝尔文学奖得主帕特里克·莫里亚诺的小说《地平线》中也有一句话："他在那些时刻确信，只要纹丝不动地站在人行道上，就能慢慢穿越一堵看不见的墙。"如是我闻。

由此，我想到一个问题，阅读不仅仅局限于读书，更重要的是还要阅读大千世界。书籍会让你认识已知的真理，而大千世界会让你见识未知的真理。读万卷书和行万里路，在某种意义上，说的都是阅读的事。一个人存在的状态犹如一朵花，一个人行走的状态如同一滴水、一片云，一个人思索的状态就如一粒沙，而一个人阅读或写作的状态则如穿越一堵看不见的墙。

时间不止是一道划痕

I

假如，除却了时间和空间的意义，也就无所谓存在了。

我们不妨把背景设定为一个空旷的广场。它之所以空旷是因为目光所及处空无一物。其上，天空浩荡；四周，可见边际。边际之外是大地。这便是空间。空间的存在有无穷无尽的可能，这对时间的无限性也提供了可能。否则，时间就毫无意义。

假如，我一直站在那空旷的边缘，目睹空旷。接下来，我会看到，早晨，太阳从东面升起。我看到了阳光下自己的影子。随着太阳的移动，影子也在随之变化。到了夜晚，月亮和星星也会出现在天空里，它们也在移动。可我已经看不到自己的影子。这个过程周而复始。这个过程就是时间。

而时间本身是看不见的，我们所看到的只是时间的某种表象，是它的另一种形态，或者只是一道划痕。那么，一道时空意义上的划痕究竟意味着什么呢？比如，用一颗尖锐的钉子在一块木板上用力划过之后留下的那一道印记。它难道就是时间的划痕，好像不完全是。时间也不是那划痕开始和结束之间的距离，因为其中还包含了速度的因素。对于木板上一道钉子的划痕来说，如果速度是不确定的，那么，时间也不确定。如果速度静止，时间就会停止（反过来亦然）。时间停止之后，那钉子就不会移动，它就不会在一块木板上留下划痕。

假如，我站在那空旷的边缘是在等一个人，而恰好此时，时间突然停止，其结果是，我会一直站在那里，而我等的那个人也会突然在某个地方停住，无法移动脚步，像是凝固了。意识也消失了（也没有记忆），因为，意识的流动是需要时间的。于是，我还站在那里，我等的那个人也停在一个并不确定的地方（因为他出发的时间和行进的速度是不确定的），像时钟的两根指针（因为时钟的齿轮被卡住了，它们无法自行转动，发出滴答滴答的声音）。而且，因为意识不复存在，我们并不明白自己为什么会停在那里。无论是白天还是夜晚，如果，从此时间一直停在此刻，不再运行，我们就会一直停在那里，直到永远。可是，时间已经停止，没有时间概念的永远是难以想象的。那么，时间停止之后，我还会站在那里吗？我想会的，但即使还在，也因为意识已经停止，所有的存在都会陷进虚无，无法证实。而停止并不等于消失，此前的时间还在。我站在曾经的时间边缘，无法看到未来，未来是一面突然断裂的峭壁或塌陷的黑暗深渊。如果时间突然消失了，所有的一切也都会消失。我也会与那空旷一同消失掉。存在的过程需要时间，时间一旦消失，所有时间的产物都会化为乌有，像是根本没有存在过一样。这是不可思议的。

II

那么，时间是一道划痕吗？像老人额头上的一道皱纹，像大地深处的一道沟壑，像城墙上的一道裂缝，像锯开的树根上的一圈年轮，像河床岩石上的一条凹槽，像人体肌肤上缝合的伤口……是，也不是。如果这些都只是时间留下的痕迹，那么，每一道痕迹都应该呈现相对规则统一的形态，而非千差万别。实际上，无论是何种划痕，我们都无法找到两道一模一样的划痕。

一年时间，会在树上留下一圈年轮；几十年时间，有可能在一个人的额头上刻下一道皱纹；几百年时间，会在大地上留下一道沟壑；几千乃至几万年时间，河床的岩石上才有可能留下一条凹槽；几千万乃至几亿年时间，大地之上才有可能隆起一座新的山脉……而在宇宙深处，每一个瞬间，可能都有成千上万的星辰毁灭、形成，而后远离。在宇宙深处，地球的存在与毁灭完全可以忽略不计。

III

时间上的无限性才促使我们思索永恒的可能，但又不得不面对无常。

那么，什么是永恒？什么是无常？永恒与无常之间又是什么呢？是一系列不间断地停顿，还是一个个瞬间的无限接续？是直线还是曲线？是意识还是存在？或者二者并存？那么，生死又是什么？是永恒的无常，还是无常的永恒？或者既是永恒又是无常？

在提出这些疑问时，我并不十分确定这种追问的意义。假如，这些都是毫无意义的，那么，什么才是有意义的？如果不得不面对这些问题并进行思考，也就不得不承认它的意义。也就是说，假如这些都毫无意义，那么，就不会有什么事是有意义的。因为，这些问题关系到我们自身的存在和延续，倘若否定了它的意义，也就否定了我们自身存在的意义。当然，这也仅仅是时间意义上的考量。由此不难得出这样一个结论：所谓存在的意义，在大多数情况下是一个时间的概念。但是，假如把它归入纯粹的时间范畴，也许就会成为一个形而上的命题，无法穷尽其终极的追问和回答。而那是个非常遥远的地方，像彼岸，中间隔着无边无际的汪洋，波涛汹涌。永恒与无常既是时间的两个侧面，又像是一个悖论。

人类喜欢永恒的东西，至少我们梦想着永恒，甚至死亡之后的不朽，可又随时受到无常的困扰。很多时候，我们所有的梦想都有可能因为无常化为泡影。永恒与不朽总是与时间意义上的无限久远联系在一起，而无常则转瞬即逝。人类既不甘心放弃永恒，又无法摆脱无常。从本质上看，这是人类最大的困扰。

一滴水与一条大河、一片汪洋，哪个是永恒，哪个是无常？一粒沙与整条河的沙数、整个世界的沙数，谁是永恒，谁又是无常？

一线光明与太阳之光、宇宙之光，何谓永恒，何为无常？很难界定。

Ⅳ

假设，我站在那空旷的边缘过了很久——也许有一万年，而后，时间重新开始，我还在那个地方吗？我想，会的。因为时间突然停止了，所有的一切都不会发生，不会有雨滴落在我身上，也不会有风从那里吹过，当然，也不会有一粒尘埃落到我的皮肤上。此前，我可能看到过，一只苍蝇或一只鸟正在头顶盘旋，此刻它却悬在半空里，翅膀不再拍打，鸣叫声戛然而止。可是，这种假设在现世的时空中是不成立的。既然时间已经停止，此后不可能出现一万年的空白。如果我们假设它成立的话，那么，一万年之后的某个瞬间，时间又会重新开始。而在那个瞬间里，直觉即刻苏醒，我可能感觉自己好像轻微地颤抖了一下，又回到一万年之前的那一个瞬间，而且清楚地意识到，我之所以站在那里是在等一个人，过去的一万年似乎从未发生过，这也是不可思议的。因为，它根本不成立。从这个意义上打量，人的行为是"荒唐"的。比如写作，比如此刻的我。比如此刻我正面对的苦难。

此刻，我母亲已然远去，也许她所在那个时空的时间依然延续，那样她会离我们越来越远。就那么渐行渐远时，她会孤独吗？她会想念我们吗？我无法确定。我所能确定的是，父亲还躺在病榻上，等待一瞬间之后发生的事情，等待一次召唤。时间不在乎等待，也不在乎牺牲与祭拜。假如，我事先知道一瞬间之后，时间就会永远停止，再也不会有新的开始和结束，我还会写作吗？肯定不会。而且，若果真如此，我也根本不用担心父亲的身体，一瞬间之后，一切都会自行停止，没有生，没有死，也没有轮回。那么，请设想，在这样的一瞬间来临之前，你会希望自己做些什么，或者希望自己呈现什么样的精神状态呢？我想，最好的样子就是闭上眼睛，想一个值得铭记的画面，比如父亲母亲开心的模样，比如孩子或者爱人的笑脸，而后，微笑，而后，静静地等待。因为，此刻，做什么都无济于事，也来不及做。那一瞬间，只剩下了等待。等待。只有等待。

那时，所有的等待，既不孤独，也不寂寞。

V

幸运或者不幸的是，此刻，时间还在继续，像是还要永远继续下去的样子。所以，现实的问题是，如果老想着时间会在什么时候停止，也是一件毫无意义的事情。笛卡尔可能看到了时间的本质，所以才说：有时我思故我在。但在此我想说的是对时间而言，它并不在乎你是否在思想，或者是否存在。人类最值得骄傲的事和最大的不幸均缘于思想，有时因为思想，我们把虚幻变成了"光荣与梦想"（甚至想变成"不朽"），把自己折磨得死去活来。我们无可救药地追名逐利，追逐世俗的荣华与富贵，反过来又被名利物欲所困。我们无时无刻不在忙碌着建造宫殿，住进去之后才发现那是一座监牢。我们成了自己的囚犯，被自己的思想囚禁。所谓的天堂和地狱，其实都在我们的心里。

唯一所能确定的是，很久以后，所有的一切都会烟消云散。有鉴于如此堂皇的理由，你仍可以选择快乐地活着，而不去理会时间的恒久与无常。因为，即使你想死死抓住时间不放，时间也会离你而去。哪怕你停在某个地方，比如空旷的边缘，屏住呼吸，一动不动，时间也会从你身上呼啸而过，而后走远。只给你留下一些或深或浅的印记，而那印记并非时间本身的印痕。

时间本身无踪无影。

阅读死亡

——与蒙田的对话

　　母亲走后，父亲病重期间，我有限的阅读大都涉及死亡，除了死亡，似乎已经没有什么能引起我的阅读兴趣了。无论读什么，我都会留意有关死亡的话题，好像我一直在"阅读死亡"。我还读过一些专门谈论死亡的书籍，譬如《西藏生死书》和《西藏度亡经》。对我这样一个不曾受过严格训练的人来说，这样的书未免显得太过艰深了一些。就像高文达喇嘛在《西藏度亡经》第一章导言开头所写到的那样："也许有人争论说，凡是还没有死的人，都没有资格谈论死亡之事；既然不曾有过死而复活的人——既然没有——哪会有人知道死亡是个什么？"我就属于这样的人。虽然，他接下来的文字就是对这个问题的解答，但是对我而言，相对于他的回答，他所设想的这个问题则更容易理解。

　　不过，也有一些书中所谈论的死亡话题却很容易引起我的共鸣，其中包括蒙田随笔。也许是因为境遇不同的缘故，虽然此前也曾读过蒙田，但印象并不是很深刻，直到近日再读时，对其印象之深，堪称刻骨铭心。以致有些篇目读过若干遍还想回头去读，譬如《死的自由若要商量，生命无异是一种奴役》。

他在其中写道："大自然赐给我们最有利的并使我们不必埋怨自己处境的礼物，就是那把打开土地之门的钥匙。大自然规定生命的入口只有一个，生命的出口却有成千上万。"我想，蒙田所说的"那把打开土地之门的钥匙"指的就是死亡，因为死亡的突然降临，一扇门也随之打开了，这是"生命的出口"。我想对蒙田说，其实，就像生命的入口只有一个一样，生命的出口也只有一个。无论每个生命以怎样的方式离开这个世界——或疾病，或灾祸，最终只有死亡才能使他离开。

对任何人来说（也包括所有的生命），死亡迟早都会来临，不可避免。也许我们可以加快自己死亡的速度，使死亡提前来临，但却无法用相反的方式使自己免除死亡。就像蒙田引用塞涅卡的这一句话："到处是归程，这是上帝的恩赐，人人都可夺取一个人的生命，然而无人能免除一个人的死亡——千条道路畅通无阻。"

接着他说："死亡不是治一病的药方，而是治百病的药方。"所言极是，但不完全准确。我想从另一个角度对蒙田的这句话做一些补充：任何一种病痛都能导致一个人的死亡，而世上所有的药方都是用来治病的。但是，最终夺走一个人生命的既可以是病痛，也可以是药方，这也许就是有的人为什么会死在医院里的缘故。

蒙田说："心甘情愿的死是最美的死。"我同意他的说法，如果除却了命运的不确定性，就生命本身而言，所有生命的诞生都同样美好，但死却不同。接着他写道："生要依赖他人的意图，死只取决于本人的心愿。在一切事物中,什么都不及死那么适合我们的脾性。"对一个不得不面对死亡的人来说, 我得承认这句话的后半句是放之四海而皆准的真理,但又不得不指出前半句的一半是谎言——至少在我所生活的这个时代、这片土地上,死并不完全"取决于本人的心愿",甚至事与愿违:不想死者非死不可,而欲死者却求死不得。

"死的自由若要商量,生命无异是一种奴役。"蒙田的这句话当视之为真理,可前提是,"死的自由"一定得建立在"生的自由"的基础之上才行。如果生都没有自由可言,又谈何死的自由? 从这个意义上说,蒙田一定是充分体会了"生的自由"而后才谈论"死的自由"的。想来也是。1570 年, 蒙田才 37 岁,他卖掉波尔多最高法院顾问的官职,前往巴黎出版他的挚友拉博埃西的拉丁文诗、法语诗和一些翻译作品。次年,因厌倦官场生活而退隐归家,过起了"自由、平静、安闲"的乡绅生活,并开始撰写《随笔集》。此后,蒙田虽然一直疾病缠身,但在 1572 年至 1574 年的法国内战期间,他还加入国王的一支军队参与了向新教徒进军的战斗。1581 年至1584 年间,退隐在家的蒙田却曾两度当选为波尔多市市长。1588年,《随笔集》一、二、三卷的第四版问世。有人说,他用《随笔集》向世人暴露了自己的思想,同时也塑造了自己。无需多加评论——从这些生平经历中,我们不难看出蒙田是实现了"生的自由"的。仅凭"卖掉波尔多最高法院顾问的官职"和两度当选波尔多市市长的经历,就足以证明其"生的自由"。这样一个自由的人当然不会使自己的生命被奴役,当然也就有资格谈论"死的自由"了。

所以，他才敢说："为了避开命运的鞭挞，找一只洞穴和一块墓碑躲起来，这不是美德的行为，而是怯懦的行为。不论风暴如何强烈，美德决不半途而废，而继续走自己的道路。"说这话需要底气，问世间，除了蒙田，还曾有谁敢这样说话？

　　而一个生而自由的人是完全可以主宰自己命运的，包括死亡，所以，他才可以放心大胆地谈论"死的自由"。而如果"死的自由"都可以得到保障，当然也就不害怕死亡了。所以，他也才能说出这样的话："害怕死亡使人对生命和光明充满厌恶，绝望之际会一死了之，忘了他们的苦难实际正是害怕死亡而引起的。"

　　不过，即使蒙田这样可以谈论并实现"死的自由"的人，也并不赞成因为胆小怕事、怯懦软弱而去草率地结束自己的生命。他在随笔中写道："柏拉图在《法律》一书中主张，人人都是自己最亲近的朋友。谁既没受到公众评论的压迫，也没受到命运的可悲和不可避免的摧残，更没有遭到不可忍受的耻辱；而让胆小怕事、怯懦软弱，去剥夺那个最亲近的朋友的生命，切断岁月的延续，这样的人应该得到可耻的葬礼。"

　　蒙田继续说："轻生的思想是可笑的。因为我们的存在才是我们的一切。除非另有一个更可贵、更丰富的存在，可以否定我们的存在；但是我们自我轻视、自我鄙薄是违背自然的，这是一种特殊的病，在任何其他生物中都看不到这种相互憎恨、相互轻视的现象。"由此可见，蒙田对轻生者的深恶痛绝，他所倡导"死的自由"并不包括轻生者的死亡，也就是自杀式身亡。

为此，他像个审判官一样果敢做出自己的决断："谁要体验未来的痛苦和磨难，那么在这场痛苦来临时他也必须存在。"

我不得不指出，在古往今来的智者当中，蒙田真正喜欢并由衷欣赏的并不是很多，但从他的随笔中可以看出，他欣赏苏格拉底和塞涅卡。他甚至写到了苏格拉底的死，说"苏格拉底的死令人惋惜，而阿里斯提卜对惋惜的人说：'但愿神让我也有这样的死！'"他在书中引用过很多塞涅卡的话，其中一句是这样说的："是的，为什么我的头脑中记得的是这句话：命运可为生者做一切，而不是另一句话：命运不能为要死的人做什么？"

晚年的蒙田饱受病痛折磨，因而在他的很多随笔当中都曾谈到过死亡和痛苦。但是，蒙田是一位酷爱生命并热爱自由生活的人，一生都把生活的情趣摆在很重要的位置，他觉得一个没有生活情趣的人是很可怜的。他热爱大自然，并顺乎自然，知道享受娱乐、游戏和自由自在地消遣的乐趣。他喜欢适当的独处，当然也喜欢在独处时读书。以至于他在《读书的乐趣》中这样写道："我过一天是一天，而且，说句不恭敬的话，只是为自己而活着，我生活的目的也仅仅在于这一点。我年轻的时候读书是为了炫耀，而后来读书是为了明理，到了现在则为了自娱，从来都不是为了谋得什么利益。"继而，他在《顺乎自然是一件好事》中还写道："不过，我仍有意虚度年华而不悔恨，并非因为生活折磨人、纠缠人，而是因为生活本身具有可虚度性，只有乐于生活的人最不畏惧死亡。"就连读书，他都不愿苛求自己。他在另一篇随笔中写道："我喜欢出游时都要带书，却可能数天甚至数月不用它们。即使时间一天天耗费掉了，我也不悲伤。因为我想书籍就在我身边，它们赋予我的时日就是乐趣。"

在读《患难之交、男女之交以及与书的交往》这样的作品时，我禁不住会突发奇想，假如我生活在蒙田的时代，我可能会希望自己成为一个像他那样的人，至少会努力去跟这样一个人密切交往。因为，他会使你懂得真正有意义的生活是什么样子。再一次重温蒙田时，我惊讶地发现，原来一种朴实无华的思想也可以饱满到足以令人目眩的程度，使你忍不住闭目观想。

但是，蒙田最令我感伤并深深触动我灵魂的文字几乎都与死亡有关。因为在他写这些随笔作品时，蒙田已经深受病痛的折磨，所以，他随时都会毫不忌讳地谈到死亡。在病痛难耐时，他仍在悠闲地甚至是优雅地谈论着死亡。在《我没有说要摆脱生命》一文中，他这样写道："病痛愈是逼得我走投无路，死亡愈不叫我害怕。"

写到这里，我要重新回到《死的自由若要商量，生命无异是一种奴役》的话题中来。此文的结尾是这样的："免受难以忍受的痛苦和更为悲惨的死使人提前离开人世，在我看来是最可得到谅解的理由。"蒙田好像不是在跟一个普通的读者谈论死亡，而是无意间跟死神坐在一起闲聊。

蒙田早已不在人世。当我捧读他早在四百多年以前写就的这些文字时，我不禁感叹，蒙田在写下这些文字时就已经超越了死亡。而我却才开始阅读死亡，不仅是从蒙田们的文字中，也从父亲、母亲的身上。

等往事回来

　　父亲在弥留之际，无论是沉睡还是偶尔清醒过来的间隙，都沉浸在往事的回忆里，更确切地说，是往事自己径自走进了他的记忆。事先，没有任何预兆，猝不及防，因而惊诧不已。这样的时间持续了半个多月，期间，他几乎一直在昏睡，很少醒来。我感觉，很多时候他不只是沉睡，还伴随着断断续续的昏迷。每次醒过来的时间都很短暂，一般不会超过半个时辰，即使在这短暂的时间里，也并非处在完全的清醒状态，因为，他不时地会说些胡话。不过，总体而言，在醒过来的那一点时间里，他还是清醒的时候多。他肯定意识到了自己所剩的时间已经不多，所以，他尽可能地珍惜还能醒过来的那一点时间，用生命最后的一点力气，挣扎着跟儿女们说上一半句话。有时候，一句话还没有说完，他又昏睡过去了，他已经没有力气把那句话说完。我们看到了他闭上眼睛之前那一刹那间显露无遗的无奈。

　　从那只言片语中所透露出来的信息看，他最后要跟我们说的事大都与他一生的经历有关，而且还是从他记忆中早已湮灭的往事，因为那些事，此前他从未提及过。好像早已忘怀的一切，因为生命中最后一刻的临近，又被重新激活，再次浮上心头。感觉一个人一生所经历的一切，哪怕是一件很细小的事情，到了最后，都会再次回到记忆中来，先按时间顺序准确归位，而后一幕幕仔细回放。仿佛只有这样，一个人的人生经历才会完整。我想，这可能就是一个人在弥留之际所要做的最重要的一件事。而且，大部分回忆是在沉睡中完成的，因为，他告诉我们那是他梦中经历的事情。不过，我总觉得这些事情真的发生过，只是他早已忘记了，却因为即将离开人世又突然找回到记忆中来了。沉睡中，父亲脸上的表情一直在不断地变幻着，有时笑，有时哭，还有的时候会自言自语，像是不停地在跟人说话。

弥留之际，父亲在等待往事回来。这些往事大都与一同成长或曾共同经历的其他一些人有关。一天下午，他醒过来之后说，他梦到伊丹爸了。伊丹是他的一个远房堂叔，岁数比他小很多，父亲称呼他"伊丹爸"，我这一辈的人都管他叫伊丹爹爹（爹爹是当地藏人对爷爷的称呼）——当然，这都是背地里为了便以区分的叫法，而当面的称呼里一定不会带有长辈名讳的。伊丹爹爹弟兄俩的家一直就在我家隔壁。说是家，其实就是两间破土房，后来连那两间土房也没有了，就住到了以前生产队的仓库里。包产到户以后，因为把仓库的土地分给了我们家，他们与我们家的关系就更近了一些。他弟兄俩好像从小就没有了父亲母亲，从我记事的时候，除了族人，他们就没有其他亲人了。可能是因为家境贫寒的缘故，加之孤苦无依，弟兄俩相依为命，一直不曾有家室。哥哥早些年就去世了，伊丹爹爹是隔了多年以后才走的，但也走了有十年了。

他走得很突然，甚至有点蹊跷。他走的那天，家里人给我打电话说，伊丹爹爹死了。那是一个冬日，前一天夜里刚下过一场大雪。人们发现他的地方在一个高高的田埂下面，已经被冻僵了，但那田埂上并无滑痕。族人们怀疑他是被谋害的，而后抛尸雪地。后来公安部门调查之后给出的结论却是酒后失足而亡，对这个说法，族人虽然不大满意，也只能不了了之。族人把他的遗体抬回来之后却犯了难，不知道该停尸何处。虽然，族人众多，也不乏血缘更亲近之人，可谁都不愿担责任，没人出头说话。不得已，最后大家商议决定，暂时停尸村外的一片树林，而后从那里直接火化下葬。可是，又担心野狗侵扰，不能直接放地上，没办法，只好用一块毯子裹好了，放在一块门板上，高高地吊在两棵树上。那天下午，我父亲回到家的时候，我小妹妹正好在家，便问把伊丹爹爹放在谁家了？我父亲回答说：你的伊丹爹爹正在湾子（当地一小地名）的树上荡秋千呢。我是过了多年之后的一天下午才听妹妹说起当时的那一幕的，这天下午，我父亲梦到了伊丹爹爹。我们听到，父亲在梦里一直呼唤着伊丹爸。之后的很多个日子里，这个景象一直在我的脑子里，挥之不去。要知道，那可是一个亡人。如果日后我写一部以此为素材的小说，我一定用父亲的这句话作这部小说的开头，我觉得它比《百年孤独》的开头还要经典。我可能会稍作加工后这样写道："伊丹爹爹死去多年之后的一天下午，父亲一走进家门就对正坐在屋檐

173

下绣鞋垫的妹妹说：'我看见你伊丹爹爹正在湾子的两棵树上荡秋千呢。'妹妹被父亲的话吓了一跳，刚要抬头看父亲时，一不小心，针尖儿扎到了手指尖儿，一滴血渗了出来，在指尖儿上颤动，像一只振翅欲飞的七星瓢虫。"当然，我没敢把这个想法告诉父亲，如果他老人家听到我竟然把他的话改成了这个样子，非得气疯了不可，这不是睁着眼说瞎话吗？父亲见不得谎话连篇的人，尤其不能容忍的是这样的谎言会从自己儿女的口中说出来。

　　父亲还想起或者梦到了很多的人和事，一个共同点是这些人都早已亡故。这些事都发生在很久以前，而且，这些人生前都一直与他保持友好亲密的关系，而这些事都与这些人有关。想来，那都是他人生经历中最值得铭记的往事。曾经温暖过他苦难的人生岁月，可是，出于各种缘由，他曾一度甚至长时间遗忘过——对他而言，这也许是不可原谅的。最后时刻，在仔细清点今生今世一路走来的得失收获，并仓促准备再次远行的盘缠时，他可能忽然发现这些才是他一生最珍贵的财富。父亲说，他见到了很多很多人，说这话时，他自己都感到惊奇，并自言自语道，怎么会有那么多人呢？这时，我们会遇到一个怎么跟父亲交流的困难，你不能揭穿了直截了当地说，那些人早死了，那样他可能会受不了；又不知道该怎样应对才不至于使他陷入尴尬的境地，我们只好试着去理解他所处的一个特殊环境——也许是一个特别的时空，便尽可能顺着他的意思，接他的话茬。于是，我们就说，那些人本来就在这里呀，都是一个村庄的人嘛，不在这里晃来晃去，还能到哪儿去啊？好像我们也看到了那些人，那些早已亡故的人。其实，我们什么也没看到，我们只是在想象中感受着父亲的感受，而父亲真的感受到了什么，对我们来说，却永远是一个谜。

我不能确定，是这些人回来找到父亲的，还是父亲到很远的地方找到了他们。但是，我似乎能确定，那些往事都是自己回到他的记忆中的，它们好像听到了我父亲的召唤。我想，那个时候的父亲，一定是一脚还在这个世界，而另一脚却已经迈进了另一个世界的门槛。父亲之所以还没有将两只脚都迈进另一个世界，就是要等那些往事回来，回到他的记忆里。假如父亲所讲述的一切都是真实的存在，那么，它们距离我们所存在的地方也并不遥远。它们还在这个村庄里面漂浮着、游荡着，等待着被想起、被召唤。而后，呼啦一下就走进渴望能想起来进而深情召唤者的世界，并迎接他踏上新的旅程。

有几天，他从前一天晚上要一直睡到第二天午后才能醒过来一会儿。有一天午后，他醒过来后说，他见到一个人了，已经好几天了，这个人一直在他身边，或者说，他一直在这人身边。父亲说，他记得这个人是戴帽子的，可现在帽子也不戴了，却用一块方毛巾盖在头上，很难看。而且，总往一些犄角旮旯里钻，拉也拉不住，他就跟在他身后瞎转悠，几天下来，可把自己给累坏了。父亲说的这个人年纪跟他差不多，他家与我们家只隔着两户人家，算是邻居。记得小时候，他会常到我们家来，一般是在冬天农闲的时候，或是在雨雪天无事可干的时候。那时候，所有人家里几乎都是一贫如洗的样子，地上没地方可坐，来了人，就得上炕上坐着。我记得他坐在我们家炕上摇晃着身子说话的样子。他是村上少有的几个读过几年书的人之一，闲谈之中，免不了要扯到一些读书识字的事儿，便觉得稀罕。他脖子上吊着一个很大的肉蛋，圆圆的，像一个皮球，后来我才知道那是甲状腺肿大造成的大脖子病。他坐在炕上摇晃着说话时，那个肉蛋就在他脖子上晃荡，也许是这个缘故，他说话时，总有一种被噎着的感觉，他得憋足了劲儿才能让人听明白他说的每一句话……

可是，这个人死了至少已经有二十好几年了，而父亲却说他就在他眼前晃来晃去，甚至在他醒来的时候也会看到。要是在平时，听他这样说，一定会令人毛骨悚然，但这是在父亲极度病危的状态下说出来的——那些天，他一直伴有某种幻觉，我们早已见怪不怪了。不仅如此，我们还假装没事的样子，一边听他说，一边还问他后来怎么样了？父亲却张了张嘴，没声音了。再看他时，他已经睡着了。我们就围坐在父亲跟前等他再次醒来，而父亲却在继续等待那些往事回来。

让人感到意外的是，父亲想起来或梦到过的这些人和往事里几乎看不到自己亲人的影子，譬如他的父亲母亲或者爷爷奶奶，还有我的母亲。他没有亲姐妹，但有兄弟，一个哥哥也早已过世，按说也应该出现在那些人中间，可是，没有。一个亲弟弟还在世，在父亲生病的那些日子里，他这个弟弟我的亲叔几乎每天都来陪着他，因为耳聋，不便交谈，一句话不说，只是定定地望着他，或者，只是默默地陪伴，偶尔，才会歪过头去悄悄地瞄上一眼。有好几次，那一份深情都让我落下泪来，父亲不可能感觉不到。家族中，父亲上两辈的人里也还有好几位在世，包括他的一个爷爷和奶奶，几位堂叔阿姨和一个亲姑姑。有一天，我去看望他那位仅存的爷爷，还拿手机拍了张照片，照片上的老人头发一片雪白，回来之后拿给父亲看，他反过来倒过去地看了很长时间，却一个字也没说。可能是因为亲缘关系，在这些老人中间，父亲最看重他的这位亲姑姑。她是我爷爷最小的妹妹，比父亲小三岁，与我母亲同岁，前些年摔了一跤，一条腿不灵便，行走很不方便。她家住同村的另一头，很近，在我父亲母亲病重的日子里，每隔一两天，便拄着拐杖，一瘸一拐地来看我父亲母亲，父亲很是感动。有一天，他坚持要亲自去看看他的这位姑姑，我们怎么都劝不住，不得已，只好把他抱到轮椅上让我外甥护送前往，回来后高兴了好几天。可是，这些人都不曾出现在他的梦里。后来我想，可能只有一种解释是说得通的，那就是对这些人和事，父亲早已铭刻在心，无须再次回想。也许他所剩的时间，只够让他回想已经忘却的那些人生片段，他得把它们一一找回来，要不，他可能会永远失去这些记忆，而某种意义上说，那是他苦难人生的一部分，丢掉了，就不完整。

　　父亲是二月的一天清晨走的。前一天晚上，临睡前，我摸了摸父亲的脉搏，很弱，但还平稳——那些天陪伴父亲时，每天至少有三四次，我会把手指轻轻按在父亲的手腕上，摸他的脉搏。大多是在他睡着的时候，因为醒着的时候这样做，他会很烦。摸完脉搏，我对几个妹妹说，父亲没事，大家都去睡一会儿。这时父亲醒了，他看了我一眼，看了有好一会儿，然后，歪过头闭上了眼睛，我以为他又睡着了。父亲没有睡着，他再次睁开眼睛，回过头来看我，眼睛睁得比平时都要大些，看的时间也比前次要长些。这次，当父亲把视线从我身上移开之后，并未急着睡着，而是将目光转向几个妹妹，尔后，又转向外甥和侄子，一个一个看了一遍，尔后又重复。我从他眼神里读到了不舍——也许还有别的，心里咯噔了一下，感觉父亲像是在跟我们依依惜别，便有一种不祥的预感。我已经想不起，后来是否还发生了点什么——我想，一定是发生过的，以致使这个念头并未在脑际多做停留，而是一闪而过。也就是这个一闪而过，我们最终还是去睡了。就在我们熟睡的时候，父亲离开了我们。睡在父亲身边的一个外甥和侄子把我叫醒的时候，天快亮了。父亲已经咬紧了牙关，紧闭双眼。虽然，体温尚在，但那双眼睛再也没有睁开。天亮之后，太阳就出来了。可我没看到太阳，我的天一直黑着。我打了两三个电话，说的都是这几个字：父亲已经走了。

送走父亲之后的好多天里，我一直在想一个问题，父亲离开以后，那些往事去了哪里？他等往事回来，尔后，自己离开，那么，那些往事呢？也许它们还在，至少有一部分还在，如果全都不在了，都已随父亲远去，那么，我们也便无从忆起，可是，我们还记得一些事，一些父亲讲述过的事。而其余的往事都已经不在了，至少大多已经不在了，因为父亲走后再也没有人会记得那些往事，他把那些往事带走。他等那些往事回来，然后，留了一些给我们，其余

178

的都带走了。

　　他留下来的那些往事与我们这些做子女的一样，都是他人生的一个部分。他走后，我们也成了他的往事。有缘起就有缘灭，我们与自己亲爱的父亲就此别过。也许我们还会相遇，在茫茫人海中擦肩而过的一刹那，彼此可能会相视一笑，也可能形同陌路，那都是缘分。而缘分是修来的，是早已注定了的，只能期待，不可更改。说不定，在他远行的路上，他会把我们也当成往事说给所遇到的那些人听，就像他给我们讲述别人的故事一样。想必有一天，父亲留下的那些往事也会成为我们的往事，与我们自己的往事汇合，连成一体。很久以后，我们也会等待往事回来，之后也会挑选一些出来留给后人，其余的，也会带走。无论是留下的还是带走的，那都是我们的人生。

等待花开

又是清明。年年都有清明，然而，对我来说，今年的清明却与往年大不一样。

至去年清明节，大约有十五年时间，每年去上坟的时候，我们家的祖坟里都没有增添新的坟堆。可是，今年再去上坟时，那里却多了两座新的小坟丘，它们紧挨着，上面的泥土还是新的。这两座小坟丘，一个是我母亲的，另一个则是我父亲的。在不到一年的时间里，我的母亲和父亲相继离开了我们，母亲是去年阴历五月走的，父亲是今年阴历二月走的。从此以后，他们就变成了那两座小土丘，他们在里面，我们在外面。

韩国诗人高银在其《墓地颂》的结尾这样写道——是金丹实的翻译：

辞世后，你们只留下一个个小小的忌日，

人世间已无从前，唯有你们正在化为从前。

偶尔，宛似错误的飞行，一只黄蝶低低掠过，在秋日的坟茔上方，反复叙说天空那头也有墓地。

无人凭吊，兀自躺在坟冢里，你们的子孙即将到来。

　　清明是一个节气，也是一个节日。在中国古代，二十四节气可能都是这样，每个节气都有专门祭拜的礼俗，有的祭拜天地神灵，有的祭拜自然万物，而清明则是祭拜祖先的。如果清明尚有出行踏青的习俗，我以为，那也是祭扫之礼俗的一个延续，先有祭扫之礼，后有踏青之俗，切不可以踏青之俗替代祭扫之礼。现在很多地方，仍在延续这种习俗，先到祖坟祭扫，而祖坟一般都在荒郊野外，祭扫之余，尽踏青赏春之兴。所以，当我看到今年清明节一些景区游人爆满的场面时，大为震惊，那阵势大有以踏青之俗代替祭扫之礼的趋势。清明节如果只有一个出行的方向，那一定是祖坟的方向。要是以前，很多人在清明节这天不一定能抽出时间去祖坟上祭扫，尚可原谅，现在清明节放假都成了国家的一项规定，还有什么样的事情不能暂时放下，抽出点时间去祭扫祖先的坟茔呢？

　　当然，作为一个节气，清明还有一个功用，就是对气候、物候以及农时的提醒，因而也衍生出了另外一些习俗，譬如种树。清明时节，其他农作物都早已播种，大都已经出苗了，却正好可以种树。农谚"清明时节多种树"，说的就是这个道理。每年清明，无论多远，我都会专程赶回老家的，清明节开始放假之后，更是如此。主要是上坟祭祖，这是礼俗，不能忘了。除此之外，我还有一件必须要做的事，就是种树，当然，也种花草。又因为这些活动大都在户外进行，也算得上是对踏青赏春之俗的一种践行，今年也不例外。与往年所不同的是，今年清明，因为父亲母亲都不在了，偌大一个院落一下就空了。即使有很多人在家里，心里也显得空落落的，所以，我会有很多时间用来种树。

不过，今年的清明时节，我种树的方式也大有改观。这种方式的改变与那座新建的花园有关，因为要建造那座花园，种树的事也得围着这座花园在进行谋划和实施。从树种的选择到行距疏密程度的斟酌，从高低层次的搭配到季节更替时花草树木的景色变化，都得考虑周全了。所以，今年的这个时节，一有闲暇，我便在门前的地里忙乎。整理土地，修挖水渠，调运苗木，栽树种花，锄草松土，浇水施肥……一天到晚，满身泥土，手里总也离不开铁锹，俨然一副老农的样子。农活跟其他任何一种活计都不大一样的是，别的事总有忙完的时候，但农活不是，只要一睁开眼睛，你就会发现，无论你干了多少活，忙了多少天，总会有你忙不完的事，干不完的活。在城里上班的人，到了下班的时候，都会放下一切，关门回家。而且，还有很多时候，无所事事，不知道该干什么。而对一个农夫来说，即使忙乎一辈子，地里的活也是干不完的。地还是那块地，干的还是春种秋收的活，而在地里劳作的人却是换了一茬又一茬，前赴后继，没完没了。

一个农夫必须具备以一己之力解决所有生存问题的能力，否则，说不定哪天就会陷入困境。这是生存，也是智慧。我家屋后有一户人家，住着一位老太太。她老伴去世早，早年还有一个儿子与她相依为命。儿子长大后，拆了旧房，盖了新屋，扩了庭院，让老母亲住进了新房，以为这样就是尽孝了。于是，儿子常年在外，很少着家，留下老太太一个人孤零零地守着一座宅院，也给她留下了忙不完的苦活，拆掉旧房子的地方要收拾，新开辟出来的庭院要平整……因为离得近，她家有点小动静，我都能听到或看到。我发现，这老太太一年四季几乎不出院门，她一天到晚都在那小庭院里忙乎。一会儿听见她劈柴，一会儿看到她挖土，一会儿在墙根儿里，一会儿又在屋檐下，总也没有消停的时候。有一天下雪，我看到老太太正呼哧呼哧地抬着一些树枝子堵院墙上的一个豁口。有几次，凌晨两三点，我出去小解，都看到老太太家的灯还亮着，依稀听到老太太还在院里忙乎。不排除她用这种方式在消磨时间的可能，但另一种可能是，她确实有干不完的活。这就是一个农夫的生活。

我家隔壁的这个老太太是当下中国农村许多老人的一个影子，无数人家的隔壁都可能住着这样一位老人。而小庭院扩展为大庭院，也是当下中国农村的一大趋势，我老家一带也不例外。以前都是很小的庭院，有些四面都盖有房子，为四合院，这样庭院就更小了。庭院虽小，但几乎所有的小庭院里都还专门建有一个花园，说是花园，其实也就一个小花坛而已，大的像一张八仙桌那么大，而小的则只有一张小方桌那么小。因为小，不敢栽种木本植物和花卉，只栽种三两株草本类开花植物。花坛虽小，但春夏秋三季，无论走进哪一户人家，都能看见几株花草幽幽地盛开一片灿烂和芬芳，顿觉庸常的生活充满了鲜艳的色彩，这样的日子过起来，就有滋味儿了。

可是，随着庭院的扩展，传统的四合院越来越少了，一般人家盖一排或两排房子就足够了。这样，原来在庭院中间的那个小花坛也就显得碍事了，慢慢地，就从庭院中消失了。自打村庄人家里不见了这个小花坛之后，一下子，感觉生活中就像是少了点什么，让人不自在，不舒坦。生活是需要装点的，越是艰难的生活越需要装点，那就像是人需要穿衣服一样。一个人的衣着可以不华贵，但绝不可以邋遢和肮脏。

我家庭院中央，以前也突兀着一个小花坛。后来小庭院得以扩展时，小花坛原本是要保留的——实际上也保留了一段时间，可是，因为庭院的格局发生了变化，小花坛已经不在庭院中央了，而是到了庭院一侧，显得零乱不说，还碍事，无论从哪个方向穿过庭院，都得绕过小花坛。而且，因为庭院里另辟出一片空地当花园，它作为花坛的意义也已不复存在。没多久，它也便从庭院中消失了。自此，我也开始有了要建造一座花园的设想。原来只想把庭院里面那一片父亲母亲当菜地的地方改造成一座小花园，事实上，在几年以前，这项改造计划就已经实施完毕。虽然后来也在进行一些改造，但那都是些雕琢性的小动作，属于精益求精。最近一两年，因为考虑到以后家里再也不可能种地了，我才萌生了在门前的那片土地上新建一座花园的念头，便跟父亲母亲说起，没想到，他们竟然同意了。

我家门前的台子上原先是一片菜地，约有六分地，此前，我已经在周围种了一圈树，这是新建花园的主体。因为几个妹妹的坚持，虽然，今年也种了几样菜，但都是点缀性的，大部分地上我都种上了树。其中有八棵油松、两棵云杉、两棵国槐、两棵柏树，还有六株花灌木，树中间还种了一些花草，包括四株大丽花、两株玫瑰和几小株更小的花卉，加上原来的一圈绿树和十余棵松柏、两棵胡桃和几株花灌木，这片花园已经基本建成，以后所要做的也是进一步完善和培养。

这片台地之下也有六七分地，原先是别人家的地，我用自己家一块离他们家很近也更大点的土地调换了一下，就成了花园的延伸部分。那里一半的土地上原来有几棵高大的杨树，树木周围杂草丛生，他们把树木砍伐后，还留下了一片茬桩。而且，早些年，他们家还从这里挖地取过黄土，在土地一角形成了一个坑洼，一到雨季，村庄巷道里的雨水挟带着大量垃圾都往这里汇集，污浊不堪。要把它建成花园，须得先行清理垃圾，治理环境污染，而后要对土地本身进行必要的整理，清除杂草。当然，还得解决排污的问题，因为这是环境污染的源头。为此，我用了一天的时间，开挖了一条简易的水渠，我还精心设计了一个微型水利设施或污水处理池。随后的一天下午，便在弟弟、外甥、侄子们的帮助下，在一个排水管下面用混凝土修了一座不大不小的水池，将它与进水渠和新布设的排水管相连。这样，平日里它可以对左邻右舍的生活污水进行沉淀净化处理，到了雨季，则可用充沛的雨水对水池自行冲洗和清理。最后，再把干净的雨水收集起来用作花园的灌溉，而多余的雨水则可以从一个排水管道自行排往村外的排水渠。在做这些事情时，我感觉自己像是在一座荒岛上，所有的事都得考虑周全了，以防不测。

这些看似简单的事，做起来却并不容易。有半个多月的时间里，每天早上一起床，洗完脸，我就会扛起一把铁锹在地里忙乎，到吃早饭的时候，一般都已经大汗淋漓了。清明过后，白天长了许多，吃过晚饭天还亮着，我又下地干活了，直到天黑下来，才淌着汗气喘吁吁地收工回家，好像除了吃饭睡觉的时间之外，我一直都在地里埋头苦干。握了大半辈子笔杆子的手掌心里磨出了一层又一层老茧，很累，但心里却从未这样踏实过。

这片重新整理出来的土地上，我先种上了十余株野生花灌木，这都是去年秋天我请人从山上移植下来的苗木。后来，有朋友送来了几十棵油松和十几棵云杉，除去在台子上的花园里种的那几棵之外，大部分都种到这里了。剩余的空地上，也种的是野生花灌木。之前，我开了一份所需花灌木的名录，仅杜鹃就有好几种，一种是黄毛杜鹃，属大叶杜鹃，植株高大，花白色，花瓣形似玉兰，在青海，我老家一带是这种杜鹃最主要的分布带；一种小叶杜鹃，叫烈香杜鹃，又名白香柴，或岗香，植株纤细挺直，较之大叶杜鹃稍矮，叶深绿，开蓝紫色或淡蓝色花朵；一种植株更小的百里香杜鹃，又称千里香，在藏语中的名字叫苏鲁，或苏杆儿，植株叶形酷似烈香杜鹃，也开蓝紫色或淡紫色小花朵，是一种奇香无比的植物，藏人煨桑时必备的香料。但凡杜鹃都会在阴坡成片生长，尤其是大叶杜鹃，很多地方，整个一面山坡密密匝匝的都是它们的身影，清风拂过时，置身其间，感觉整个山野都在随之婆娑。小叶杜鹃大多也喜欢生长在阴坡，半阴半阳的平缓山地也会一簇簇成片生长，开花季节，从它们身旁走过，老远就会闻到花香。我所开的这份儿植物名录里，还有一些枸子、缠条、皂角、金露梅（或银露梅，因为在开花之前它们一模一样，无法分辨，开黄花者为金露梅，开白花者为银露梅。）等三五种其他开花植物。在我看来，这都是一些极具观赏价值的近代开花植物，尤其是这几种杜鹃类植物，据说，欧洲一些皇家园林里可见到它们的芳容，而在中国城市园林中，我还没有听说过哪儿曾出现过它们的身影。我的童年几乎都是在那山野之间度过的，我熟悉这一带山野，也知道它们在什么地方生长，原计划是要自己上山去采挖的，因为考虑到还要剩下一些力气来建造花园，便请一位同样熟悉这些植物的村民到山上去挖了。

村后面的广袤山野之上到处都是茂密的灌丛，细心采挖几株植物幼苗不会对植被造成任何伤害——我可以说是一个生态保护主义者，大半生致力于青藏高原生态环境的保护，我当然考虑到了生态保护的因素。我曾叮嘱，务必采挖幼苗，不能伤及左右。幼苗身旁一般都会有一棵或几棵同类的成龄树或老龄树生长，它们是那棵小树苗的父亲母亲，甚至爷爷奶奶，甚至曾祖高祖。在深山老林找到一棵树，就等于找到了一棵树的大家族，它们祖祖辈辈都生长在一起，枝杈交错，叶片相连，根须缠绕。从它们身边移走一株幼苗，就像是弟兄姊妹众多的人家分户而居。而况，它所迁居的地方也在同一座山上，它从新居抬头望去，便能望见同族婀娜婆娑的身影，风起时，还可嗅到族类亲切的气息。而且，因为我的干预，它们从此又开辟了一片新的疆域——也说不定是对固有疆土的一次意外收复。以达尔文进化论的观点，人类的选择是除自然选择之外生物进化的主要途径。青藏高原上的金露梅、银露梅植株矮小，耐寒，花朵小巧玲珑，花瓣如豆。据说，此物移植到欧洲的园林之后，因为海拔大幅降低，生长环境突然改变，才过了一二百年，其植株已变得非常高大，花朵也是日渐肥硕。若果真如此，几千几万年之后，如果有一个植物学家走进这片山野的话，偶然发现一些稀有植物的变种和亚种也是说不定的。如果是那样，请记住，是我改变了某些生物进化的方向，生命形态（或生物多样性）将因此而多了一些色彩的变幻。要知道，在地球森林的王国里，它们（近代开花植物）可是最后一批迎来自己繁茂时代的后世子民，它们之前出现在地球上的很多植物都早已灭绝了。它们的出现给地球带来了无限惊喜，从那一刻开始，整个地球都开满了花朵。但是，花开过了就会凋零，说不定哪一天，它们也会灭绝。以目前地球物种灭绝的速度，百年之后，其中的很多植物可能也将载入世界濒危物种名录。从这个意义上说，我们还算是幸运的，因为，近代开花植物的繁盛时代还在继续，我们还能自己亲手栽培花朵，还能看到花开花落。

仅仅过了两天之后，这些植物都出现在我新建的花园里，植株都很小，但我希望它们都能长大，都能开出清雅高洁的花朵，并由此开启一段秘密的进化之旅。如果可能，我希望这座花园能成为村里孩子们的一个自然课堂，我愿意为他们义务讲述这些植物和大自然无比神奇的故事。虽然，他们都生在大山脚下，举目所及处便是一派葱茏繁茂，可是，因为课业负担过重的缘故——这已经是全天下众所周知的事情，他们已经顾不上季节更替、花开花落了，更不会有时间自己到山上看这些植物，即使偶尔得空上山了，也未必能叫得出它们的名字。而要熟悉它们的习性，须得与之常年朝夕相处，耳濡目染，甚至相濡以沫。

如果可能，我还希望父亲母亲能看到这座花园。每天，在花园劳作的间隙，我都会想起他们。每种下一棵树或一株花草，我都会问，父亲母亲会怎么想？尤其是父亲，曾经的那些岁月里，我们一直在这些植物身上较劲儿，父亲最终以他的宽厚和仁慈包容了我，也包容了那些植物，而我却以自己的无知和小聪明编织过田园美梦，以为如此则可诗意地栖居在这片山野之上。"人充满劳绩，但还诗意地栖居在这片大地上。"这是荷尔德林的诗句。我父亲是个地道的农夫，一生躬耕山野，他不知道荷尔德林是谁，在他眼里，土地抑或山野本身就是最美的诗行，只要有土地和山野在，就会有一切。

小时候，有很多次，我从田埂上伫望过父亲躬耕山野的背影。依稀记得，其时，浓雾曾笼罩山野——当他驾牛扶犁从那田野上走过时，一垄垄被翻耕的土地像鱼鳞般在他脚下排列如诗、延展如画。随后，麦子、青稞、胡麻、菜籽、蚕豆和土豆们就会一行行长满田野，先是一片绿油油的青苗，尔后，拔节，抽穗，开花，结果，收获。而在田边地头，总会有几棵歪歪扭扭的山杏野柳疏疏朗朗地摇曳婆娑，更远处的整个山野之上到处都是一派山花烂漫的景致。对一个真正的农夫而言，整个山野就是一座属于自己的花园，他无须再建一座很小的花园。当然，如果在老宅院的院墙根儿或庭院当中，盛开着一棵朱砂牡丹或一株紫丁香什么的，他们也不会感到扎眼和多余，说不定也会精心呵护，但那只是日常生活的一种随意点缀，而绝非刻意装点。就拿我要建造的这座花园来说，虽然父亲生前也并未反对，但也肯定不是由衷赞赏。我想，他之所以不反对我将门前的这片土地建造成一座花园，依旧是出于对我的包容和仁慈，是对我个人喜好的一种维护和偏袒。这是一个父亲对儿子的宽容。现在这座花园已经基本建成，我当然希望父亲母亲能够看到它建成后的样子，看到花开花落。

谷雨过后，下了一场透雨。雨是夜里开始下的，到第二天早上还在下。起床后，我等不及雨停，便踩着满地泥泞跑到台子底下的花园里，看那排水系统的运行状况。我看见，那蓄水池里的水已经蓄满。便又跑到排水口察看，一股清亮亮的水正从那水管里往外流淌着，其余两条排水渠里也潺潺有声，一切都像预想中的情景一样美妙。我站在雨中，看着这一幕，喜出望外，听着那涓涓淙淙的声音，感觉像是在听一曲曼妙的田园交响乐。雨过天晴之后，我到门前台子边上，隔着树枝，又望了一眼那水池，见一池春水映着蓝天白云，绿树倒影其间，一派宁静邈远。

这时，我听见一串鸟鸣声洒落下来，像露珠。其实，从清晨至深夜，鸟鸣声从不曾停歇过，你要是仔细谛听，至少会同时听到十种以上的鸟叫声。大多的鸟鸣声一年四季没什么差别，这是鸟类王国的主旋律，但在不同季节也有细微的变化。比如这个季节，还听不到杜鹃的声音，再过半个月之后，杜鹃才会飞来。在这个季节，我所能分辨出来的也就三五种而已，比如喜鹊、麻雀、百灵、斑鸠、戴胜鸟等的叫声。我发现，鸟鸣声有一个规律性的现象，体型越小的鸟儿，其鸣叫声也越是动听悦耳，比如百灵。而体型越大的则越难听，比如乌鸦、戴胜鸟和蓝马鸡，乌鸦自不必说，戴胜鸟和蓝马鸡的叫声竟如同狗吠。有如此众多的鸟鸣声在耳边此起彼伏，那感觉就像是有一个庞大的多声部鸟类合唱团在你身边。如果什么时候你没听到鸟鸣，只是没太留意罢了，鸟儿们一直在鸣叫。而恰好此时，那清脆的鸟鸣声从近处和远处的树梢上洒落，听来别有一番滋味儿，感觉那一份宁静和渺远一下便进到了心里，弥漫肆意，辽阔澄澈。我想，因为这座花园，会有更多的鸟儿来到这里，那时，鸟儿们的鸣叫声会更加清脆迷人。

比之其他地方，青藏高原的春天来得晚一些。清明过后，一些树上才有了一点绿意，谷雨前，一些树枝上才吐出绿芽。一天到晚，我不停地到花园里转悠，看到所栽种的树木花草都已成活，大都已经吐出嫩嫩的绿芽儿了，一些开花植物也已含苞待放。

花就要开了，我等待花开。

怀念猫

我并不是突然想起那两只猫的。它们一直在我记忆里，从未消失过。

那是一只年轻的黑猫和一只老花猫。父亲母亲在世的时候，它们一直生活在我们家里，从未离开过。可是，自打父亲母亲相继离世之后，它们也突然不见了踪影。有很多个日子，只要听见有猫叫的声音，我和几个妹妹都会跑出去看，是不是那两只猫回来了。但是，每一次看到的都不是它们。村庄里有很多猫，它们喜欢到别人家串门。我们家的那两只猫再也没有回来过。我不知道，它们去了哪里，是否安好。

一个人离开这个世界之后，总会有一些后事要料理。在不到一年的时间里，我的母亲和父亲相继离开我们，因而，这段时间里，我似乎一直在料理后事。通常意义上所说的后事，可简单理解为操办丧事，可在我，远不止办一个丧事那么简单。

说白了，人也是一种生物，生命个体有生有灭，再长寿的人也难过百年。而作为一个物种，它要延续生存的状态，必须不断繁衍子嗣，甚至还要适当扩充群体数量，以保障群体延续生存的安全，于是，就出现了家庭。家庭像细胞，一个细胞会生出许多新的细胞，那是一个不断生成、增加，甚至裂变的过程。一个家庭，过了几十年之后，可能会变成两个或三个家庭；过了几百年之后，可能会变成几十乃至几百个家庭。我们家也一样。

我们家族在这个地方的历史不超过 180 年，族人从当初的一户人家，已增加到五十户以上，分布在三个自然村里，如果加上已经迁至其他地方的，至少也该有七八十户了，而且，还在增加。我有一个弟弟和四个妹妹，弟弟早已另立门户，自己过了，妹妹们也早已出嫁，有自己的家了。如果这是一家人不断分开的一个过程的话，那么，最终父母亲和我分在了一起。虽然，我并不常年生活在父母身边，在城里也还有自己的一个小家庭，但在传统意义上，我的家一直在父母所在的那个地方，他们居住的那个院落，才是我的家。不仅我这样看，父母以及所有族人、亲戚和村庄里的人都这样认为。他们觉得我在城里只有一个可以住的房子，没有家。当父亲母亲都不在了之后，我就天经地义地成了那个院落的主人。于是，在料理完父亲母亲的丧事之后，我才意识到还有许多事情也必须料理。

考虑到很多事情迟早要处理，无法避免，凡能提前处理的事情，我几乎都已提前处理了，比如那几只羊，父亲母亲还在世时，我就已经全处理了。还有一些事情却不能也无法提前处理，譬如老宅院和房屋，父母还在的时候，你不能处理。还有一些活物，也不能提前处理，譬如猫狗。这些事一定得等所有的后事都料理完毕之后，才能决断。我们家有一条老藏狗和两只猫，我很清楚，这是我最后才能料理的一件后事。有关他们的身世与喜好，我在《家有猫狗》一文中已有详尽记述。那条老藏狗喜欢吠叫，有事没事都会乱吠一气。母亲最后的日子里，为了让她能安静地睡一会儿，我们把狗拴到了远一点的地方。母亲一睁开眼睛都会问：我怎么听不见狗叫？她听惯了狗叫声，听不到狗叫，她同样睡不安稳。正是因为这个缘故，猫狗便也成了最难料理的一件事，因而我一直在反复斟酌。

我不会将它们带回城里养着，它们过惯了乡野自由自在的生活，在城里它们会很不习惯，很不适应。我感觉，原本生活在城里的猫狗如果能去乡下，均可适应乡村的生活，然而，原本生活在乡下的猫狗一旦进城，均无法适应，城市猫狗的那一套礼仪它们都学不来，也过不惯那种一味养尊处优的生活。本来，猫是用来抓老鼠的，狗是用来看家护院的，而现在城市里抓老鼠和看家护院的事都由人来做了，城里人的分工越来越细，不说城里的老鼠不是猫能逮得住的，看家护院的事更不是一条狗能胜任的。很多门户的看护者"荷枪实弹"，尚且常常被窃、被盗，而况狗乎？

猫狗又不能随便送人，左邻右舍的族人家里原本已经有自己的猫狗，再让他们养着，人家不乐意不说，他们家的猫狗也未必答应，那样无疑会让它们有寄人篱下的悲凉。最好的去处是，让几个依然住在乡村的妹妹领养，可这个话，我又说不出口，因为她们家也有自己养的猫狗。几个妹妹可能看出了我的这点心思，便主动表示要领养那一条老藏狗和那两只猫，问我是否同意？心里的一块石头落地，我当然是求之不得。

可正在这时，接连发生了一些奇怪的事情。一天，那只老花猫从外面溜达一圈回来时，头上好几个地方都受了伤，裂着口子，流了很多血。我看到它的时候，它正趴在那里，用两只爪子细心地清理伤口上的血迹，尔后，又把爪子上的血舔到自己嘴里，咽下去。它好像很难过。我不知道发生了什么事，妹妹们说可能是与别的猫打架时伤的，还说猫之间经常会发生这种事，猫之间的撕咬很吓人。我们小心地给它敷药，包扎伤口。过了一会儿，我发现，伤口不再流血了，它也开始到处走动了。

两只猫之间会有什么样的仇恨，至于互相残杀呢？我无法理解。我有一个原则，从不以旁观者的身份面对凶残的搏杀，哪怕它们是两只虫子或是两只鸟，抑或是两只猫。我虽然胆小如鼠，但面对这样的场景时，我总想扮演一个当头棒喝者的角色，所以，我只看到过两个动物对峙的情景，却从未看到两败俱伤的悲惨场面。当然，更为凶残的捕猎场景除外，譬如动物世界的捕食场景和人类社会的战争场面——所看到的这些场景大多也不是在现场亲眼看见，而是通过别人的纪录和描述。

我以为，它会长记性，以避免类似的事再次发生。可是，接下来的几天里，这样的事一直在不停地发生，有几次，伤得还很严重，它几乎已经爬不起来了，像是快不行了的样子。可第二天，它还是出去了。这次出去之后，有两三天时间，它都没有回家。我们以为它出事了，再也回不来了，但它还是回来了。这次回来时，它伤得

195

倒也不甚厉害，只是没了精神，一副心灰意冷的样子，连眼睛也懒得睁开。它定定地趴在那里，不吃也不喝，看着让人心疼。我心想，它可能再也不会离开家了。可是次日一整天，我都没有看到它的踪影。之后的好几天里，也都没有它的消息。我和几个妹妹，还有一个外甥便到处去寻找，也未果。之后，再也没见到这只老花猫。这一次，它一定是出事了。再也回不来了。于是，想念。

于是，想起有几次它偷吃刚端上桌的肉，我对它生气发火的样子，很后悔。虽然，我只是想吓唬一下，让它改一改偷偷摸摸的习性，而并未真的要跟它计较。因为，一家人从不曾在吃的事情上亏待过它，一家人吃什么，它也会吃什么。我们把它作为家里的一员来尊重，它也应该遵循家里的规矩。

这只老花猫离家之后，过了很长时间，我依然以为，是它出事了，死了，并未多想。因为，有生就有死，这是自然规律，无论人还是猫，概莫能外。而且，以年事论，这只花猫已经非常老了，早已过了耄耋之年，已经到了离开这个世界的年龄，称得上是寿终正寝，不必为之再添烦恼。随着时日的推移，这件事也在慢慢淡去。虽然，它的样子、它的一举一动仍旧时时地在眼前浮现，但是，谁都清楚，它离我们会越来越远。

季羡林先生也曾写过他的一只猫，一只普通的狸猫。记得文中有这样的文字：等一只猫老了，快要死了的时候，它会悄悄离开你，找一个谁也找不到的地方离开这个世界。我想，我们家这只老花猫也一定是去了这样一个地方。

老花猫离开之后，家里就剩那只黑猫了。这只猫正值青春年少，它的一生还有一段美好时光肯定是要跟我们一起度过的。而且，这是一只讨人喜欢的猫，几个妹妹会争着养它的。所以，对它未来的日子，我一点都不担心。不过，在未来的日子里，它也会离开这个家，要去另一个家里生活，我也只能在偶尔去哪个妹妹家时才能与它再次相见。如此想来，我可与之共度的时光就没几天了。于是，留恋。

于是，想起曾经的日子里，它带给我的那些欢乐与遐想，一种不舍便像空气一样四处弥漫。心想，最终，我连一只猫也无法留在自己身边。于是，莫名的孤独与惆怅便在老家的宅院里生下根来，开始生长，像一种看不见的藤类植物，缠绕着我。老花猫的离开可以说是一种彻底地离开，因为它一定离开了这个世界。而如果哪天，这只黑猫离开这个家之后，并不是离开这世界，它还在，只是已经不在这个家里了。虽然，它还跟家人在一起，可是它曾经的记忆都留在了另一个地方。它是否会觉得这是一种漂泊呢？

可是，没过多久，这只黑猫也不见了踪影。它性子野，喜欢到处闲逛，以前也有过几天不着家的事。在老家的时候，我也喜欢到处闲逛。有好几次，我与它在一道田埂或乡间小路上相遇，它总会抬头看我一眼，尔后，犹豫片刻，尔后，还会翘起长长的尾巴，在后背上绕来绕去，算是跟我打招呼了。但它总会把控得当，适可而止，从不会在家以外的任何地方流露出过于亲密的神态。这时，你最好也能把持住自己的情绪，不要做出任何亲密的举动来，否则，它会立刻飞窜而去。那不一定是逃离，更像是在逗你玩儿。

这一次，它又几天不着家了。一开始，我们还以为这一次它可能走远了，没能及时赶回来，但认定它会回来。别说是一只猫，在人身上，这种事也会时常发生。一个人从家里开门出去时，一般总都会说一会儿就回来，可是通常情况下，一时半会儿是回不来的。猫也一样。而且，猫有好记性，即使走得再远，它也不会忘记回家的路。前些年看到一则报道，说一个人不想要自己的那只猫了，一次去西安，他把猫也带去了。下了火车，就把它丢在火车站了。西安距此地有两千里地，心想它是怎么也回不来了。可结果，这只猫竟然自己顺着铁道一路找回来了。到家时，四只爪子都被磨破了，流着血。所以，我们坚信这黑猫会回来。

又过了几天，它还是没有回来。虽然，我们都会不时地想起它来，并时不时地问上一句：猫回来了没？但是，我们谁都没有想过它再也不回来了。可它就是没有回来。从此，杳无音信，不知所踪。日子越久，我们对它的牵挂也越多。过了一两个月之后，偶尔，一家人还会相互询问它是否已经回家的事。过了一年半载之后，我们还在互相询问，只是很少问它是否已经回家，而是问：后来有没有再看到我们家那只黑猫？再后来，我们都清楚，它也一定不在人世了。可是，我们心照不宣。

在父亲母亲相继离开之后，我们家的两只猫就这样都不见了。我不知道，两只猫的相继离开与我父亲母亲的离世有没有联系。可是，我能感觉到，我们谁都想过这样一个问题，只是不愿说破而已。我们不愿由父亲母亲的离开联想到两只猫的离开，更不愿由两只猫的离开联想到父亲母亲的离开。

因为父亲母亲都已经不在了，我回老家的次数也少了，几个妹妹回娘家的次数也比以前少了。平时，老家宅院的大门一直锁着。即使是夏天，每次回去时，门前和院子里也会落着一层树叶。现在，我们只在某个特定的日子才一起回去，这个日子与父亲母亲有关。在我老家，日子，一般有两层含义：一层是通常意义上的，一层却有特指。我们把一个人离开人世的那一天叫这个人的日子，父亲母亲离开人世的那一天就是他们的日子，父亲的日子和母亲的日子。父亲母亲的日子，我们都会回去，除了给父亲母亲上坟，也会小聚，在老家宅院里住上几日。这时，我们都会想起那两只猫。当然，还有那条老藏狗——它先是在我一个妹妹家过了一年多，后来因为我这个妹妹要出一趟远门，它又到另一个妹妹家待着，像走亲戚一样。我都去看过，日子过得倒是挺自在，只是不知道，它是否也会想家？

在那宅院里，想起那两只猫时，偶尔也会听到一两声猫叫。这时，总会有一个人从屋里跑出去，看是不是我们家的猫回来了。尽管谁都明白它们不会回来了，还是忍不住要跑出去看一眼的。因为村庄其他人家里还有猫，它们会不停地来串门，不是这一只就是另一只。以前若是遇到此类情况，一般我们都不会理睬，有时还会驱赶，让它离远点。但是，现在我们都像是见到久别的亲友一样，总想好好招待一番，尔后，才会恋恋不舍地惜别，相送。

由此及彼。这也是一种怀念。

野草疯长

还没到家门口，我大老远就看见，地里的野草又在疯长。

母亲在世的时候，我们家那几亩承包地里几乎看不到一株杂草，从那地头走过的人，总会发出这样的感慨：这地真干净。每次听到这样的感叹，一种自豪感都会油然而生，当然是因为母亲。可同时也会因此而感到心痛，当然也是因为母亲。因为，那是母亲勤劳的结果。庄稼地里越干净说明母亲所付出的辛劳也就越多。

不过事后，我也从未将这件事放在心上。偶尔想起时，甚至还以为只要你足够勤劳，就一定能把庄稼地里的杂草除干净的，好像这事与自己的母亲没有关系。母亲过世后，不到一年，父亲也跟着走了。家里再也没有人种庄稼了。可是，那几亩承包地还在，也没跟族里和村上的人商量，我擅自做主将两亩地给弟弟去耕种了，还剩三亩多地再没舍得给别人。

其中的一亩多地在别人家门口，而他家却有五六分地在我家门口，征得村上的同意之后，我便用这一亩多地与他家这五六分地调换了一下，把它变成了一小片花园，种了几十棵树。还有两亩多地虽然不在门前屋后，但从大门口也是可以看见的，我也留了下来，建了一小片林子或绿地，算是一个微型的公园。种了三百多棵树，大多为云杉和松树，均为常绿乔木，冬天也是绿的。北方的冬天少绿，青海的冬天尤其少，我想用这一片绿树给村庄的四季添一抹绿。树并没有种得很稠密，留了一点空间，准备栽种一些花花草草的观赏植物。为此，今年春上，我还自己建了一个小小的苗圃，扦插培育了几种花木苗子，竟然还都成活了，明年春上就可以移植到那片林地上。现在因为树木还没有长大，为防止牲口进去践踏和啃咬，我特意给花园和林地都拉了一道网围栏护着。再过三五年，等树木长大些了，网围栏便可以拆除，这样村庄里就会有一个花园和小公园了。

这是后话。我要说的是，这两三亩土地上发生的其他事情。再过两天，就是母亲的两周年祭日。它提醒我——母亲离开我们已经整整两年了，父亲离开我们也有一年多了。这两年时间里，名义上，我成了那几亩土地的主人，为此，我付出了艰辛的劳动。至少在20岁以后，我从未在一片庄稼地里流过这样多的汗水，有很多个日子，从早到晚，我几乎一直在挥汗如雨。翻地，挖排水渠道，进树苗，种树，浇水，除草……每次一回到老家，我一刻也没有消停过。尤其是在春夏季节，每次回来，一走进地里，就出不来了，那里总有干不完的活在等着你。尤其是那些无时无刻不在疯长的杂草，总令你望而生畏，但又不能无视它的存在。

父亲母亲在世的时候，每次回老家时，虽然我也下地干一点活，但那都是蜻蜓点水，真正的苦活累活早已被父亲母亲干完了。现在，他们都不在了，而几亩地还在，于是，所有的活都是你的了，没人会跟你争着干活。即使这样，我所干的活也还不是父亲母亲曾经干过的那些活。我偶尔才回一次老家，每次回来住上几日便要急着赶回去，而父亲母亲却是一辈子，年复一年，日复一日。而且，我每次回来之前，相当多的苦活累活，已经让两个住在附近的妹妹替我干完了。我这才意识到，我的父亲母亲在这片土地上曾付出过怎样的劳作，他们播撒的其实就是自己的生命，而收获的也不仅仅是粮食和食物，还有孩子们的日子。这样的人生不是活出来的，而是用自己的生命在土地上种出来的。在他们已经不在人世的日子里，当我独自走向他们曾经劳作的这片土地时，我对脚下的泥土已经满怀敬畏。觉得只有用自己的汗水将它浸透了，使从那泥土里长出的植物带着你汗水的滋味儿，你才有资格站在上面。

于是，我开始与那土地较劲儿，在泥土中慷慨地挥洒自己的汗水。于是，我发现，在一片土地上种活几样植物并不难，哪怕它是一片贫瘠的土地。况且，我所为之奉献的土地还不是一片贫瘠的土地，而是一片肥沃的土地，它肥得几乎可以流油。每当我手握一把铁锹或者铁铲，在那土地的表层划开一道口子，泥土便像割开了皮层的肌肉一样翻开来，露出新鲜潮湿、柔软细腻和组织密实均匀的内在。那是由无数粉末状细小颗粒组成的整体，我想，那就是土地的原子和粒子，是土地的细胞和软组织。应该由一条条细密如网状的毛细血管连接着这些细胞和软组织，并为之供给无尽的养分，使之随季节更替充满无限生机与活力。但凡耕耘播种，它便将自己体内潜藏的生机与活力，转化成生命的力量、生长的力量、不断充盈饱满的力量，让你收获一片绿野。

即使你不去耕耘和播种，它也不会歇着。以前人少地多，农民过得是广种薄收的日子，隔一两年，他们都会让其中的一部分地歇上一年，什么也不种，来年再种，收成会更好，这叫歇地。那就像是一个人干活干累了，要坐下来歇息一样，地也会累，也需要歇息。歇地里没有了庄稼，各种野草便会疯长，到秋天用犁铧一翻，疯长了一春一夏的野草便会深埋地下，变成了肥料和有机质，土地更肥沃了。现在人多地少，土地没有空闲的时候，一直在忙。人还嫌不够，发明了各种农药和化肥，用它来支撑土地已严重透支的体能，这就像是给运动员注射兴奋剂，给病人打激素，让它超常发挥体质潜能。凡事皆有定数，久而久之，土地原本的有机质遭到大面积破坏损伤，原来松软的泥土变得硬邦邦的，像石头。里面长出的农作物看上去枝叶繁茂，旺盛得很，但是风一吹、雨一淋就倒伏，就腐烂，再也立不起来。这就像是现在城里的很多孩子，看上去，一个个又高又胖，但是，没一点抵抗力，遇一点点风雨，就感冒，就得打针吃药。

某种意义上说，我们家那几亩地现在就成了歇地。虽然，也种了很多树木花草，但是，它与庄稼不同。树木花草间的大部分地面依旧空着，而且，从此它再也没有了春种秋收的轮回。于是，野草便找到了生存的机会，它们迅速地占领了林间空地，肆意疯长，甚至连树坑里的那点空间也没有放过。它们总会在很短的时间长成树的样子，甚至比大部分新栽的树还要高大。从此，我每次回到老家，便不得不把主要的精力放在清除那些野草上，大部分时间，四个妹妹会加入进来帮我除草。本着斩草要除根的原则，每次，我们都会把所有的杂草、野草清除干净了，一棵不留。可是，过个把月再回去时，它们又重新出现在每一寸土地上，而且感觉仿佛比以前更加茂盛了，品类也比以往更加繁杂。因为土地上没有了种植的农作物，原本生长庄稼的地方都成了野草的领地，可以自由地生长，所有的野性都肆意释放，想长成什么样子就长成什么样子，一副无拘无束、无法无天的样子。

门前花园下面是我新建的花园，中间有一道土坎，高两米有余，坎子上下以前都是大树。因为太阴暗，坎子底下以前也种不成庄稼，只长野草。印象中，它们也并不怎么茂盛，大多呈匍匐状。自从把土坎以下土地也辟为花园，考虑到花园里所栽种植物的生长，我对影响到花园的那些大树，要么连根挖了，要么拦腰砍了。这样，花园杂乱无章的景象确乎得到了极大改观，但是，那些长期被压抑的野草却因此抓住了翻身的机会。它们本能地做出迅速反应，当你意识到那里还有一片野草的时候，它们已经长到了不可收拾的地步。像骆驼蓬、马刺芥、麻叶荨麻这些多年生草本植物，以前我偶尔也曾见过它们长到一米多高的样子，能长到两米以上的非常少见。可是，现在不一样了，它们的时代变了，便逮着机会狠劲地生长。每次除完草，不出一月，它们又都会长到两米以上，像树一样。

除了种类繁多的各种野草，还有木本乃至乔木植物。那些野草，有几十种我能叫得出它们在当地方言中的俗名，譬如狼舌头、驴耳朵、骆驼蓬、马刺芥、牛鼻子、老鸹权干、兔儿菜、铁骨朵、铲子花、臭蒿、灰灰菜、苒苒草、荨麻等等。有一二十种，我还能叫得出它们的汉语学名，譬如马先蒿、黄冠菊、蒲公英、野草莓、点地梅、野葵、马蔺、薄荷、牛蒡、丝毛飞廉、山丹、车前草等等。还有三四十种，我就无法叫出它们的名字了，有一些还能从植株、叶片以及花朵的品相来猜测它们是什么科、什么属，另有一些虽然也是当地常见植物，随处可见，但对其生物属性却没有丝毫概念。有一天，我心血来潮，找一个地方坐下，划出一米见方的一片野草地，想数一下那一小片草地上生长着多少种、多少株野草。结果令我大开眼界，那样一小片地方，能分得清、也数得过来的野草种类大约有三十余种。而其植株数量，在短时间里，你是怎么也数不清的，每次数到几十上百株的时候，你的记忆总会出差错，记不清左边或右边那几株野草是否已经数过。除非，你把它们一株一株全部挖出来，尔后，仔细分拣和统计，否则，你永远也不会知道一片一平方米的土地上到底有多少株野草。于是，作罢。

　　最不可思议的是，地里突然冒出来的那些木本植物，有杨树、榆树、柳树、山杏、野梨等；乔木植物，也有长刺茶吊子、珍珠梅、野蔷薇等具有观赏价值的花灌木。我以前只知道有些树的种子落到泥土中会长出树苗来，没想到白杨、柳树也会这样。于是，如何对待擅自侵入林地花园的这些植物就成了一个问题。经过一番思虑，我将榆树、杨树和柳树都当成"野草"清除了，留下山杏、野梨、珍珠梅、野蔷薇，让它长高一些，尔后，移植到林地花园的边缘当树篱。

眼见了一片野草疯长的样子之后，我也有了一些新的发现。以前只把它们视作野草，也没怎么仔细打量过，这两年，有时间与它们近距离接触，细察之下竟发现，很多野草都开着美丽的花朵。如骆驼蓬（学名牛蒡）、马刺芥（学名丝毛飞廉）、铁骨朵（学名黄冠菊）等野草，无论从植株形态还是从花瓣的层次看，均可名列奇花异草，堪称奇葩。单从其花序和花朵色彩的艳丽程度而言，甚至可以称之为珍稀花卉。而且，像骆驼蓬、蒲公英、薄荷、荆芥、野百合（山丹）、野葵等植物尚可入药，可治病救人，本不该列入野草。继而想到更多的野草，便发现大多植物类中藏药原本也都是野草。如果它们长在山坡草地，被采药人采去，配伍入药，那是药材。如果它们长在庄稼地里，影响农作物生长，被斩草除根，那就是野草。如此想来，看它们是不是野草，并不在它们的植物属性，也不在它们是一种什么样的植物，而全在它们生长的地方。究其根源，问题在于它们没有分别心，因而不会区分土地的用场。土地也没有分别心，对生长在土地上的一切，也不会取舍。对一株野草而言，只要是土地便可放心生长。只要它能生长，土地也会尽力成全，而不会剥夺其生长的权利。

只有人才有分别心，所以，也才会把植物分成庄稼和杂草、鲜花和野草，像我。所以，我才会与那些自己眼中的野草较劲儿，于是放不下，于是执着，于是烦恼。纵然如此，我依然不会让那些野草任意妄为，否则，我的花园和林地都将成为一片野草丛生的荒野。我不会荒废土地，而且我要让土地上的生长尽可能顺着自己的意愿，让那一派生长成为土地的一部分，成为自己心目中的风景。即便这样，有那么些时候，当我毅然走向土地，将手中的铁锹或铁铲伸向那些野草时，我仍会心生犹豫和怀疑，对野草，也对自己的执着。

我想，我的父亲母亲肯定从来没有为这样的事情犯难过，他们没有时间和精力在乎一平方米土地上有几株野草。面对土地上的野草，他们只用一种办法，彻底铲除。如果一片土地上的野草没完没了地生长，他们也会选择没完没了地铲除，直到把它们从一片土地上清除干净。尔后，他们会在每一寸土地上都种上庄稼，不给任何一株野草留下立足之地。虽然，即使这样，野草也会见缝插针地出现在庄稼地里，但是，他们并不会犯难。锄头、铁锹和铲子一直就在那里，他们从不会忘记它们所在的地方——不像我，每次用它们的时候总也想不起它们在什么地方。如果见到地里有一株或几株野草，要不立即铲除，那一天晚上，他们就会睡不安稳。

从方法论或战术角度看，对地里的野草，我父亲母亲一直用的是歼灭战，因而始终占据主动地位。而我所用的则无疑是一种拉锯战和游击战了，虽然偶尔也有小胜的战果，但总体上一直处在被动局面，是野草而不是我在控制着局势。父亲母亲面对地里的野草时，土地是和他们站在一起的，而我面对地里的野草时，土地应该是跟野草站在一起的。在情感上，我从未将父亲母亲和自己划在两个相对立的立场阵营里，可是很显然，要让一片随时需要耕耘的土地跟你站在一起并不是一件容易的事。因为，父亲母亲一直在那片土地上，从未离开过，他们对土地习性的熟悉程度远胜于对自己生命的认识。他们可能不大记得自己身上的胎记，但是一定会记得地里什么地方有一块石头或一株野草。他们以一种独特的方式用一种专门的语言与土地交流，而我并不通晓这种语言，对我而言，它是一个秘密。某种程度上，你可能已经背离了那片土地，只要你的双脚不是始终牢牢地站在那土地上，而是有所脱离，它就不可能跟你站在一起。

　　其实，人生长的样子也像一种植物，脚下也是泥土，头顶也是天空。歌德在谈到生物的进化时也曾说，植物和动物进化的终极秘密是树木和人类。也就是说，植物进化的顶端是树，动物进化的顶端是人。父亲母亲像一片庄稼或一棵树长在那一片土地上，而我即使是一株植物，也已经移植到了别处，说不定变成了一株盆栽植物。也许曾经的根还在原来的土地上，却已经长在别处了。并不是土地流放了你，而是你自己放逐了自己。自打选择离开了那片土地，你可能永远无法真正回到那片土地的怀抱。有很多时候，我甚至怀疑，在离开生养我的那片故土之后，我是否也长成了一株野草？如是，那也算是一种幸运，不必为之悲哀。野草毕竟不是浮萍，脚下还有泥土。虽然此泥土非彼泥土，但它还是泥土。而且，我在故土尚有几亩土地，不仅生长野草，也可种植树木花草。虽然无法与之朝夕相守，但每每回望，无论野草还是树木花草，均已长成了乡愁，像一层浓雾，在山峦起伏的土地上久久萦绕。

每年初春或深秋，我老家一带山野便会起雾，我以为那是大地的气息。《现代汉语词典》对"雾"这个字的解释是：气温下降时，空气中所含水蒸气凝结成小水点，浮在接近地面的空气中，叫雾。对此，我并不怀疑。但是，在我印象中，雾似乎是从地底下冒出来的。它最初从山脚下的低洼处开始升腾，尔后，稍高一些地方的田地间也开始升腾，尔后，起雾的地方渐渐升高，土地越潮湿的地方雾也越加浓厚。一开始只是丝丝缕缕，像是大地的气息——我想，地上也许有无数密密麻麻的小气孔，是让泥土用来呼吸的。尔后，肆意弥漫，尔后，浓浓滚滚。这时，山脚下的那一层雾慢慢地向山顶的方向飘荡。它一路浩荡，与沿途更多的雾汇合。这个时候，从山脚到山顶，都起雾了。已经升起的雾还没有飘散，后起的、新起的雾又源源不断地加入到它们的行列里。不一会儿，整个山野都已笼罩在白茫茫的浓雾中了。如果在那个时候，你恰好从那一片山野走过，你就能看到大地的气息从泥土深处不断汹涌的景象。那就是生命的气息，它带着野草的味道、树木落花的味道，也带着泥土本身的味道。

在一遍遍清除那些野草的时候，我感觉到土地本身也是有气息的，也是有生命的，也在不断生长。无论动物、植物还是微生物，所有生长在土地上的生物都是它生命的组成部分。它有自己的消化和循环系统，也有自己的生殖繁育能力。它会自行补给水肥以及其他养分来延长自己的生命，也可自行完成代谢并实现生命的周期性平衡。土地原本的生命力已经足够旺盛。如果没有开垦、耕耘和播种，如果不是因为人类需要从土地上收获粮食和其他给养，大地之上的繁茂景象也许会更加令人惊讶。虽然，最初的地球表面了无生机，一片荒凉，但是，自从有了生命，地球史上生物最繁盛的时代都出现在土地还没有开垦的岁月里。从这个意义上说，我们脚下的大地正处在有史以来最贫瘠的时代，曾经繁茂过的无数生命早已烟消云散，其中包括所有的恐龙，绝大部分蕨类植物和巨型阔叶植物。即便这样，土地依然生机盎然。

而且，泥土里面还不全是土地的细胞和软组织，还有鲜活的生命。我不知道，除了地层生物化石，世界生物学家是否曾对地表土层有生命生物品类做过详尽的调查，并进行统计学分析研究。我的基本猜想是，如果我们把一条蚯蚓想象成一只恐龙，那么地表土层所生息生命与地表以上生命的种类大体相仿，并成正比，其中有很多无法用肉眼识别的微小生命，比如虫类。像人类在土地上耕耘，很多虫子在泥土里耕耘，蚯蚓就属此类。还有许多生命尽管没有生活在泥土中，但也与泥土保持着非常紧密的联系。无论是地上跑的还是天上飞的，如果没有土地，所有陆地生物都无法生存。人也一样，活着，要依靠土地生存；死了，还要回到泥土中去。这是一种平衡。天空和大地是一种平衡，流水和云层是一种平衡，地上和地下是一种平衡，动物和植物是一种平衡，四季是一种平衡，过去和未来也是一种平衡……宇宙万物都是一种平衡。

只要这平衡一直延续，便没有什么力量可以削弱土地的生命力。

持久的干旱可能会让一片土地寸草不生，但只要有一场透雨，它便会迅速恢复生气。一场野火也可让大地上所有的生长化为灰烬，但很快，新的萌芽会撕裂灰烬，生长又会继续。寒冷的冬天也会让大地上的生长暂时停顿，可春天一到，又会万物复苏。强台风、龙卷风也可能会将大地上的一切席卷而去，但只要风平浪静之后，过不了多久，它又会像以前一样，充满生机。最先对此做出反应的不是别的，一定是野草。因为它们的根须更加柔软细嫩，所以，对生命气息的感觉也更加灵敏，哪怕它极其微弱。有很多时候，我甚至以为，一片土地生命力的旺盛程度是由野草来体现的，它是大地之上最具活力的生命景观。有很多次我注意到，已经挖出来枯萎了的那些野草，一回头又活了过来。蹲在地上细细察看，发现还有一两根细如发丝的根须没有斩断，其生命力之顽强由此可见一斑。

虽然我刚从老家回到城里，但是能够想象，下一次回到老家时，那几亩土地上一定又是一派葳蕤繁茂的景象，野草们又一次迎来了它们繁盛的季节。说不定，就在此刻，它们又已经张牙舞爪地拉开了架势在疯长。虽然它们无法预知自己将面临怎样的结局，但是，我清楚。我会再一次毫不犹豫地扛起铁锹或铁铲，把它们全部铲除。当然，它们也不会因为我的不依不饶而销声匿迹，它们会以更加疯狂地生长来证明这片土地的力量，证明它们渴望生长的本能。而我也一定不会忘记它们的存在，它们越是疯狂地生长，我对这片土地的迷恋也会愈加持久。

因为，我也从未想过要彻底地消灭它们，而仿佛，也想以它们的生长和茂盛来验证那片土地的生命力。也许，这也正是它们需要疯狂生长的缘由，说到底，那是土地自己的意愿。这意愿是由大地的母性决定的，就像母亲在乎每一个孩子的健康成长，不会厚此薄彼。它只在乎旺盛的生长，而并不在意生长的是树木还是花草，庄稼还是野草。

　　像父亲母亲一样，最终，我当然也会放下一切，径自离去。之后，归于宁静。没有执著。而土地还在，野草还会继续疯长。